Rüdiger Schneider

Notizen eines Nachtwächters

Personen und Handlung sind frei erfunden, Ähnlichkeiten oder gar Übereinstimmungen mit Namen rein zufällig.

Rüdiger Schneider

Notizen eines Nachtwächters

Erzählung

Bibliografische Information der Deutschen
Nationalbibliothek: Die Deutsche
Nationalbibliothek verzeichnet diese
Publikation in der Deutschen
Nationalbibliografie; detaillierte
bibliografische Daten sind im Internet über
http://dnb.d-nb.de abrufbar.

Herstellung und Verlag:
BoD - Books on Demand, Norderstedt

ISBN: 9783757811099

1

Kennen Sie Lüdringhausen? Nein? Kein Wunder. Es ist ein kleines Dorf im unteren Westerwaldkreis, zwanzig Kilometer von der Lahn entfernt, zählt gerade mal 800 Einwohner, hat aber eine besondere Historie und bemerkenswerte Sehenswürdigkeiten. Entstanden ist es im 12. Jahrhundert aus Einsiedlerhöfen, wurde im späten Mittelalter zu einem Ort mit wunderschönen Fachwerkhäusern und hat im 19. Jahrhundert den sogenannten Westerwälder Wüstungsvorgang, also das Verlassen und Brachlegen von Dörfern, mit Bravour überlebt.

Bis zum Jahr 2012 hielt es an der Tradition fest, einen orts- und geschichtskundigen Nachtwächter zu engagieren, der einmal in der Woche Touristen durch das Dorf führte und dabei launige Anekdoten erzählte.

Ich selbst hatte ihn 2010 bei einer seiner Führungen erlebt, war damals als Journalist dabei, um für das Feuilleton des ‚Limburger Abendblatt' eine Reportage zu schreiben. Der Nachtwächter war da 61 Jahre alt, hieß Theodor Leupold, hatte bis zu seiner frühen Verrentung im erst 52.

Lebensjahr als Lokomotivführer bei der Deutschen Bundesbahn gearbeitet.

Ich erinnere mich noch genau an diese Führung an einem späten Samstagabend. Ich hatte mich zunächst gewundert über die schmucken Fachwerkhäuser des Ortes, von denen jedes einen speziellen Balkenspruch hatte, der zumeist von Frömmigkeit und Gottvertrauen sprach. Da waren in die Giebelbalken eingeschnitzt Sprüche wie etwa: „Es segne der Herr unser Schalten und Walten. Wir Menschen bauen, doch Gott muss erhalten." Oder: „Unser Glück, nicht Menschentand, liegt allein in Gottes Hand." Freilich gab es ab und zu auch einen profanen Spruch: „Ein fröhlich Herz, ein friedlich Haus, das macht das Glück des Lebens aus."

„Wundern Sie sich nicht über den Zustand des Fachwerks", sagte Leupold, „das wie frisch restauriert aussieht, obwohl es auf ein paar Jahrhunderte zurückblickt. Bis 1920 war Lüdringhausen ein sehr wohlhabendes Dorf. An seinem Rand lag eine Silbermine. Es war gediegenes, körniges Silber, lag also elementar und nicht als Erz vor. Manchmal haben wir neben den Körnern auch zusammenhängende Silbergeflechte gefunden. Die preußische Regierung war sehr an der Förderung interessiert, hat eine Schmalspurbahn bauen lassen, die von Lüdringhausen 20 Kilometer bis an die Lahn führt, wo das Silber umgeladen und mit einem Lastkahn zum Rhein transportiert wurde. Sie werden die Bahn nachher in unserem kleinen Eisenbahnmuseum sehen. Sie funktioniert auch heute noch. Ich darf Werbung dafür machen. Unser Heimatverein veranstaltet jeden Sonntag eine Fahrt. Sie sitzen dann bei 20 Stundenkilometern in einer offenen Lore und können unser Westerwälder Bergpanorama genießen. Im Herbst dürfen Sie während der Fahrt auch Äpfel pflücken, wenn der Zug durch eine Obstwiese schnauft. Unterwegs treffen wir auf eine Wohlfühlstation. Da hält der Zug an einem Bierzelt. Bei der Rückreise hält er dort noch einmal. Ich bin übrigens Ihr Lokomotivführer. Früher bin ich mit hoher Geschwindigkeit den Rhein entlanggesaust, meistens von Köln bis Mainz. Jetzt geht es etwas gemütlicher zu."

Durch die Gassen von Lüdringhausen ging es dann zuerst zur romanischen Marienkirche. „Unser größter Schatz hier ist ein Jakobusfresko aus dem 12. Jahrhundert. Es stellt eine Pilgerkrönung dar. Jakobus, gemeint ist der Ältere, nicht der Jüngere, reicht nach links und rechts zwei Pilgern, die Santiago de Compostela erreicht haben, eine goldene Krone. Lüdringhausen lag im Mittelalter also zweifellos am Jakobsweg, der zum Beispiel von Marburg oder Fulda durch den Westerwald an den Rhein führte. Genießen Sie dieses erfrischend naive Fresko! Und wenn Sie an unserem Marienaltar eine Kerze anzünden wollen, genieren Sie sich nicht."

Unsere nächste Station war der neben der Kirche liegende Friedhof. Hier blieb Leupold vor einem Grabmal stehen. Ich las: „Hier ruht unser verehrter Sir William Raleigh. 1912 – 2008."

„Eine seltsame Geschichte", erklärte Leupold. „Raleigh musste 1943 eine Notlandung auf einer unserer Kuhwiesen hinlegen. Das Fahrwerk war abgebrochen, aber er konnte unverletzt aus der Maschine steigen. Sie werden das Flugzeug nachher in unserem bescheidenen Museum sehen können. Drei Bauern mit Jagdgewehren haben den britischen Pilot empfangen und ihn ins

Dorf geführt. Da er sehr höflich war, gute Manieren zu haben schien und sein englisches Ehrenwort gegeben hatte, nicht zu fliehen, haben wir ihn als Hofgehilfe bei einer jungen Witwe gelassen. Sie können sich denken, was passiert ist. Als 1945 die Amerikaner kamen, begleitet von zwei britischen Offizieren, die Raleigh befreien wollten, hat der abgewunken. „No, no! I stay here. Happy wife, happy life!" Die Amerikaner und die englischen Offiziere haben sich gewundert, sind ein paar Tage in unserem Dorf geblieben und von uns bewirtet worden. Dann sind sie ostwärts weitergezogen. Raleigh blieb also, heiratete, und ein Resultat war nicht nur Dorfnachwuchs mit der schönen, jungen Witwe, sondern in den fünfziger Jahren eine Städtefreundschaft mit dem englischen Stratford upon Avon, aus dem Raleigh stammte. Stratford upon Avon ist in kleiner Ort in der Nähe von Birmingham. Die Engländer haben uns mehrmals besucht und ich darf Ihnen versichern, sie sind auch mit unserer Eisenbahn gefahren, und es hat noch nie so lange Pausen an der Wohlfühlstation gegeben."

Solche Anekdoten hatte Leupold während der Dorfführung erzählt, und dann durften wir den Silberzug bewundern, der in einem ausgezeichneten Zustand war und in einer Scheune stand, deren Wände mit zahlreichen Erinnerungsfotos in Schwarz-Weiß ausgestattet waren. In einer anderen Scheune stand Raleighs Maschine, eine Hawker Hurricane mit nur einem Propeller und einem roten Punkt, weißem Kreis, blauem Kreis am Heck und auf den Tragflächen. Das abgebrochene Fahrwerk war fachmännisch repariert worden.

Auch einen Märchenpark will ich noch erwähnen. Ein Liebhaber der Grimmschen Kinder- und Hausmärchen hatte ihn angelegt. Da konnte man all die Figuren in Lebensgröße bewundern. Das Schneewittchen, bei dem der Sarg aufklappte, das Dornröschen, das aus dem hundertjährigen Schlaf erwachte, die Frau Holle mit der Pech- und Glücksmarie, den Froschkönig, Hänsel im Backofen, während die Hexe seinen Finger überprüfte.

Nach der Führung saßen wir noch in der einzigen Kneipe des Ortes zusammen.

Ich wunderte mich, dass sie ‚Goethe-Stube' hieß und fragte Leupold.

„Ganz einfach", meinte er. „Goethe war unter anderem auch Bergwerkdirektor in Weimar. Er hat sich für den Bergbau interessiert, war öfter an der Lahn und im Westerwald. Und einmal, zuvor war er in Nassau im Schloss des Freiherrn vom Stein, hat er einen Abstecher nach Lüdringhausen gemacht und uns mit seinem Besuch beehrt. Da hieß der Gasthof noch ‚Zur Silbermine'. 1815 war das. Er hat hier an einem der Tische gesessen und Wein getrunken. Später ist der Gasthof dann umbenannt worden in ‚Goethe-Stube'."

Die Fahrt mit dem Zug habe ich nie gemacht. Warum eigentlich? Aber an einem Augusttag im Jahr 2023 sagte mein Chef: „Hans Peter, fahr doch noch einmal nach Lüdringhausen und gucke, wie es in dem Dorf heute zugeht. Du weißt ja, die Zeiten haben sich in den letzten Jahren verändert. Alles ist irgendwie enger und regulierter geworden. Aber vielleicht hat man sich in Lüdringhausen den nostalgischen Charme bewahren können. Sprich vor allem auch mit dem Nachtwächter, der euch damals durch den

Ort geführt hat. Ich hoffe, er lebt noch. Du hast ihn damals als einen sehr humorvollen und kenntnisreichen Mann beschrieben."

2

An einem Samstagvormittag im August fuhr ich nach Lüdringhausen, parkte den Wagen auf einem Wiesenstück am Ortseingang, da, wo an einer Kreuzung ein Kreis mit einer Insel in der Mitte den Verkehr reguliert, wollte das Dorf zu Fuß erkunden. Auf der gegenüber liegenden Straßenseite war ein verwahrlostes Weizenfeld, in dem sich jedoch anmutig roter Mohn und blaue Kornblumen im leichten Wind des Tages wiegten. Ich hatte Leupolds Adresse nicht, aber ihn in dem kleinen Ort zu finden, würde nicht schwer sein. Ich erinnerte mich, dass die Lüdringhausener ein schmuckes Rathaus im Renaissancestil hatten. Dort könnte ich fragen. Oder aber in der ‚Goethe-Stube', deren Wirt bestimmt Bescheid wusste. Aber wie erstaunt war ich, als ich vor dem Rathaus stand, dessen Fassade eher grau als strahlend schön war wie damals. Die

Fensterscheiben waren auf dem Weg zu einer unübersehbaren Blindheit. Neben dem verschlossenen Eingangsportal aus Eichenholz hing ein Schild: „Sie finden uns jetzt im Bürgerbüro, ehemalige Filiale der Sparkasse. Bitte melden Sie sich vorher online an."

Ich ging zur ‚Goethe-Stube'. Auch sie machte einen traurigen Eindruck, war geschlossen. Es war 11 Uhr, die Zeit, wo eine Wirtsstube eigentlich schon geöffnet ist und sich die ersten Rentner zu einem Umtrunk an der Theke versammeln. Durch ein Fenster sah ich hinein. Die Stühle waren auf den Tischen hochgestellt. Die Theke blank und leer. Die Goethestube gab es nicht mehr.

Ich suchte das Bürgerbüro auf, ging hinein, ohne mich online anzumelden. Eine junge Frau saß hinter einem Schreibtisch, hatte Computer und Monitor vor sich, sah mich erstaunt an, fragte mit einer eher interessenlosen Stimme: „Sie haben einen Termin?"

„Nein. Brauche ich den? Es ist doch außer Ihnen und mir niemand hier. Ich möchte auch nur wissen, wo Herr Leupold, der Nachtwächter, wohnt. Ich würde gerne eine private Führung mit ihm vereinbaren."

„Die Adresse darf ich Ihnen aus Datenschutzgründen nicht sagen. Führungen macht er auch nicht mehr. Wenn Sie aber an einem Rundgang interessiert sind, können Sie für 10 Euro unsere App auf Ihr Smartphone laden und werden interaktiv zu unseren Sehenswürdigkeiten geleitet und bekommen auch einen Kommentar dazu."

„Interaktiv? Ich kann mit der App sprechen?"

„Sie können die Führung anhalten, vor- und zurücklaufen lassen."

„Also keine Fragen stellen?"

„Nein, das ist keine Alexa, aber Sie können Ihren Rundgang frei gestalten."

„Was ist mit dem Silberzug? Kann ich da eine Fahrt bei Ihnen buchen?"

Sie schüttelte den Kopf. „Nein, das geht nicht mehr. Die Bezirksregierung hat die Fahrt aus Sicherheitsgründen verboten. Die Leute dürfen nicht in einer offenen Lore sitzen."

Ich erinnerte mich an den Besuch im Eisenbahnmuseum und wandte ein: „Aber die Loren waren doch wunderbar umgebaut mit kleinen Bänken. Was soll denn da unsicher gewesen sein? Der Zug ist nicht schneller gefahren als mit 20 Kilometern die Stunde."

Sie schüttelte wieder den Kopf. „Manchmal sind die Leute aufgestanden, wenn die Fahrt durch die Obstwiese ging. Dabei könnte es zu Unfällen kommen. Offen geht nicht. So etwas finden Sie bei der Bundesbahn ja auch nicht."

„Ja, richtig. Die fahren aber auch mit 150. Da können Sie noch nicht einmal ein Fensterchen aufmachen. Alles verrammelt und verriegelt. Sagen Sie, ist die Filiale der Sparkasse umgezogen?"

„Nein. Sie ist geschlossen worden. Finanzpolitische Gründe oder so ähnlich."

„Und wo erledigen die Leute ihre Bankgeschäfte? Kontoeinsicht zum Beispiel oder Überweisungen, Geld abheben."

Sie sah mich erstaunt an, legte die Stirn in Falten, als hätte ich eine idiotische Frage gestellt. „Onlinc natürlich!" antwortete sie.

„Und wenn sie das nicht können? Ältere Menschen zum Beispiel."

„Dann müssen sie nach Limburg zum Hauptsitz fahren."

„Sich aber vorher online anmelden?"

„Kann sein, weiß ich nicht."

„Sagen Sie, haben Sie hier überhaupt Kundschaft?"

Sie blickte mich strafend, etwas entrüstet an. „Aber natürlich. Sonst hätten wir hier kein Bürgerbüro."

Ich hörte auf, sie zu fragen, zog meinen Presseausweis, zeigte ihn. „Ich bin vom ‚Limburger Abendblatt', 2010 hatte ich schon einmal eine Reportage über den Ort und seinen Nachtwächter geschrieben. Jetzt, dreizehn Jahre später, will ich das noch einmal. Also sagen Sie mir doch bitte die Adresse. Sonst muss ich mich durch das Dorf fragen. Hier wird ihn doch jeder kennen und wissen, wo er wohnt."

Sie schüttelte wieder den Kopf. „Geht aus Datenschutzgründen nicht. Ich mache mich sonst strafbar. Bitte haben Sie Verständnis dafür."

„Habe ich aber nicht. Das ist doch alles absurd. Könnte ich denn den Bürgermeister sprechen?"

„Wir haben keinen mehr. Er ist zurückgetreten. Aus Protest wegen fehlender finanzieller Unterstützung durch das Land. Unsere Einnahmen sind im Minus."

„Existiert denn die Bäckerei noch?" fragte ich.

„Ja, die gibt es noch."

„Dann werde ich da nach der Adresse fragen."

„Ja, fragen Sie da. Die Bäckersfrau ist nicht dem Datenschutz verpflichtet."

Ich verabschiedete mich, wünschte einen schönen Tag und verließ das Bürgerbüro. Ich war offensichtlich in ein Dorf gekommen, das im Niedergang, im Sinkflug war.

3

Auf meinem Weg zur Bäckerei kam ich an der Marienkirche vorbei. Sie war verschlossen. Neben dem Portal in einem Schaukasten las ich: „Messe sonntags vierzehntäglich an jedem ersten und dritten Sonntag im Monat. Bei Rückfragen wenden Sie sich bitte an die Pfarrei Limburg. Und haben Sie bitte auch Verständnis, dass wir die Kirche an allen anderen Tagen geschlossen halten müssen aus Gründen des Vandalismus."

Es gab also keinen Pfarrer mehr in Lüdringhausen. Sie hatten das zentralisiert. Der Pfarrer kam jetzt von auswärts. Das schöne, barocke Pfarrhaus war verwaist. Was ist, dachte ich, „wenn ein altes Mütterchen Trost braucht, beten und eine Kerze aufstellen will? Oder wenn jemand eine anheimelnde, romanische Kirche einfach nur besichtigen will? Geht nicht mehr, ging nicht mehr, vorbei. Steuern wir auf gottlose Zeiten zu? Sind wir schon mittendrin? Sieht so aus. Neben der Kirche war der flache, moderne Bau der ‚Borromäus-Bibliothek', wo man sich Bücher ausleihen konnte. Aber auch die war geschlossen, verwaist. Durch das Schaufenster, das einen Durchstoß hatte, der von innen mit Pappe belegt war, sah ich hinein. Die Bibliothek war leer. Was für ein trauriges Ensemble am einst so schönen Marienplatz, dachte ich.

Durch die Kirchgasse ging ich weiter. Ich konnte mich so ungefähr an die Lage der Bäckerei erinnern. Auch die einst so schmucken Fachwerkhäuser näherten sich einer schleichenden Verwahrlosung. Hingen 2010 noch Blumengirlanden von den Balkonen, so waren sie jetzt schmucklos. Ob überhaupt hier noch jemand wohnt? fragte ich mich. Der Ort wirkte still und leer. „Nun ja", überlegte ich, „wenn es die Bäckerei noch gibt, wird es hier noch Einwohner geben." Die

Bäckerei, wie ich damals gesehen hatte, war zugleich auch ein sogenannter Tante-Emma-Laden, wo man das Nötigste einkaufen konnte. Neben Brot und Brötchen auch Milch, Butter, Käse und so weiter. Auch Weinflaschen mit ‚Rheinhessen-Riesling' waren im Angebot. Mitten im Laden hatten ein Tisch und ein paar Stühle gestanden. Man konnte Kaffee trinken, mit der Bäckersfrau schwatzen oder mit anderen Kunden. Neben der Goethe-Stube war auch die Bäckerei ein Treffpunkt. Ob es das noch gab? Ich hatte Zweifel.

In der Silberstraße passierte ich die Lüdringhausener Hauptschule, begegnete hier einem, ja, was soll ich sagen?, sehr dunkelhäutigen Menschen. Neger ist ja verboten. Warum eigentlich? Es bedeutet ja nichts anderes als ‚schwarz'. ‚Indigener Afrikaner' kann ich auch nicht sagen. Ich weiß ja gar nicht, wo er herkommt. Er könnte ja auch aus Kolumbien stammen oder aus Jamaica oder sonstwoher. Mit Namen kann ich ihn auch nicht anreden, da ich ihn nicht kenne. Diese alberne, deutsche Lehrmeisterei und Sprach-verhunzung! ‚Negerkuss' ist verboten, obwohl das ein süßes Wort war. Und den

‚Negerkönig' aus Pippi Langstrumpf, diesem Vorbild des Feminismus, hat man in neuen Auflagen des Buches ausgemerzt. Wie nennen sie ihn jetzt? Weiß ich nicht. Die Zeiten, in denen ich diese Geschichte gelesen habe, sind vorbei. Vielleicht heißt er jetzt ‚indigener Inselkönig mit dunkler Hautfarbe'. Verschwunden ist auch der schwarze Mohr von Sarotti, der mit seiner roten Plüschhose und dem Turban recht attraktiv war und zum Verzehr von köstlicher Schokolade einlud. Jetzt hat er eine helle, goldene Haut bekommen, sitzt auf einer Mondsichel und nennt sich Magier der Sinne.

Ich nickte dem Neger einen freundlichen Gruß zu. Er nickte erstaunt zurück. War er es nicht gewohnt, dass man ihn grüßte?

Nach etwa hundert Metern erreichte ich die Bäckerei, trat mit dem Bimmeln einer Schelle ein. Niemand war zunächst in dem Laden, aber dann kam die Bäckersfrau, die ich auf etwa sechzig Jahre schätzte, aus ihrer Wohnung oder aus der Backstube, lächelte, sagte mit einem gewissen Erstaunen in der Stimme: „Guten Tag, der Herr! Was kann ich für Sie tun?"

Sie war eine freundliche, aber klagende Seele. Ich ging auf ihre Frage zunächst nicht ein, hatte bemerkt, dass die Regale mit den Lebensmitteln fehlten und auch der Tisch mit den Stühlen war weg. Es gab nur eine Theke mit Brot, Brötchen und etwas Streuselkuchen.

„Der Tisch ist weg und die Lebensmittel?" fragte ich, obwohl das offensichtlich war.

Sie seufzte. „Ja, seit ein paar Jahren. Ich darf hier nur noch Kaffee ausschenken, wenn ich eine Toilette für die Kunden einrichte. Dazu habe ich aber weder Geld noch Raum. Ist eine Vorschrift des Ordnungsamtes in Beerenburg. Zu dem Distrikt gehören wir verwaltungsmäßig. Lebensmittel verkaufen geht auch nicht mehr. Es sei denn, ich mache einen Lehrgang und erwerbe die Lizenz dafür. Abgesehen von der Einrichtung eines vorschriftmäßigen Kühlhauses."

„Und der Riesling?" wollte ich wissen. „Den gibt es hier auch nicht mehr?"

Sie schwieg für ein paar Sekunden, eine Spur von Misstrauen blitzte in ihren Augen auf. „Sind Sie vom Ordnungsamt?" fragte sie.

„Nein, um Gottes Willen! Ich will den Nachtwächter besuchen, den Theodor Leupold. Leider habe ich die Adresse nicht. Ich bin vom ‚Limburger Abendblatt' und würde gerne für unser Feuilleton eine Reportage über ihn machen."

„Ach, der Theo!" entfuhr es ihr wie ein kummervoller Seufzer. „Der arbeitet doch seit ein paar Jahren nicht mehr als Fremdenführer. Die Fahrt mit dem Silberzug haben sie ihm auch verboten."

„Aber er wohnt noch hier?"

„Ja. Gehen Sie etwa hundert Meter weiter, biegen dann nach rechts in die Bergstraße. Es ist die Nummer Sieben, eins unserer schönsten Fachwerkhäuser. Es hat den längsten Giebelspruch im Ort. Wenn er nicht öffnet, ist er in seinem Garten. Er ist etwas schwerhörig geworden oder tut auch nur so, weil er nicht mehr alles mitbekommen will. Gehen Sie dann einfach durch das Tor in den Garten."

Ich bedankte mich, sah mir die leckeren, knusprigen Brote an, kaufte eins nicht nur aus Dankbarkeit, ließ es mir in eine Tüte packen und fragte noch: „Sie haben genug Kundschaft hier? Der Ort macht verglichen mit früher jetzt einen etwas stillen Eindruck."

„Es geht so", meinte sie. „Aber es ist deutlich weniger als noch vor ein paar Jahren, als man bei mir alles bekam, was man so zum Leben braucht. Die jungen Leute sind abgewandert in die Stadt. Hier gibt es nichts mehr zu tun. Das können Sie auch an unserem Fußballplatz sehen. Da wächst meterhoch das Gras. Schön sind nur ein paar Flecken mit Mohnblumen. Den FC Lüdringhausen gibt es nicht mehr. Mit nur drei jungen Burschen, die hier noch wohnen, können Sie nicht mehr gegen eine Elfermannschaft antreten. Auch der damals gerade begonnene Aufbau des Frauenfußballs ist zum Erliegen gekommen. Hier ist nichts mehr los. Sogar den Gemüsemarkt am Mittwoch gibt es nicht mehr. Den Bauern ist die Bürokratie zu viel geworden. Wollen Sie Möhren verkaufen, müssen Sie beim Amt angeben, in welcher Erde die Möhre gewachsen ist, wie Sie gedüngt haben, wie lang die Möhre ist, ob krumm oder grade, ob sie die mit dem grünen Zopf verkaufen wollen oder ohne und noch einige Dinge mehr."

Ich wollte mich schon verabschieden, aber da sagte die Bäckerin: „Warten Sie, bringen Sie dem Theo eine Flasche Riesling mit. Den trinkt er gerne. Und sagen Sie ‚mit einem schönen Gruß von Erna'. Dann freut er sich."

Sie verschwand durch die Tür hinter der Theke und kam bald darauf mit einer Flasche Wein zurück. Ich wollte schon das Portemonnaie zücken, aber sie reichte ihn mir mit den Worten: „Sie müssen dafür nichts bezahlen. Für den Theo ist der umsonst. Der tut immer noch viel für den Ort, vor allem für die Älteren, die mit der neuen Zeit nicht klarkommen."

„Eine Frage noch, bevor ich mich verabschiede", sagte ich. „Eben bin ich an der Hauptschule vorbeigekommen. Sie war so merkwürdig still."

„Sie ist vor einem Jahr geschlossen worden. Lehrermangel und auch Kindermangel. Jetzt wohnen dort zehn Äthiopier, die man aus dem Mittelmeer gefischt hat. Von Italien sind sie nach Deutschland gekommen."

„Und? Gibt es Probleme mit ihnen?"

„Überhaupt nicht. Es sind sehr freundliche, dankbare Menschen. Die Sauerei macht nur die Ausländerbehörde. Wissen Sie, unter den Äthiopiern ist auch ein gelernter Bäcker, der sogar etwas Deutsch spricht. Zur Verständigung würde das völlig reichen. Ich gehe auf das Rentenalter zu und bräuchte dringend Hilfe in der Backstube. Aber die bei der Ausländerbehörde verweigern ihm die Arbeitserlaubnis. Ich habe noch nie so arrogante und verständnislose Menschen getroffen wie in dieser Behörde. Sie schalten und walten wie mittelalterliche Fürsten, lassen die Äthiopier lieber depressiv werden. Die in der Behörde sagen ‚Gesetz ist Gesetz und damit Basta.' Den einzelnen Fall wollen die gar nicht wissen und entscheiden. Gesetz ist Gesetz. Erinnert das nicht an die Zeiten unter Adolf? Gesetz ist Gesetz. Egal, welcher Idiot das ausgebrütet hat."

Die Bäckersfrau kam in Fahrt und in Rage. „Wissen Sie, ich war dreimal bei dieser Behörde, habe auch schriftliche Anträge und Begründungen eingereicht, um diese Hilfe für die Backstube zu bekommen. Aber so viel Arroganz und menschliche Missachtung ist mir noch nie begegnet. So abfällig wie von einem gewissen Herrn R. in dieser Behörde bin ich noch nie behandelt worden. Bei der letzten Begegnung habe ich zum Abschied gesagt: ‚Schade, dass ich Sie nicht nach Afrika abschieben kann. Am besten in die

Wüste.' Da hat er nur spöttisch gelächelt und gemeint: ‚Passen Sie auf, dass ich Ihren Laden nicht schließen lasse. Die Beziehungen hätte ich. Und jetzt sofort raus! Und kommen Sie bloß nicht wieder!' Ja, ja, so sind die. Wissen Sie, erst neulich habe ich im ‚Morgenmagazin' vom ZDF eine Reportage gesehen. Ein Hambuger Konditormeister sucht dringend einen Mitarbeiter oder eine Mitarbeiterin. Von den Deutschen meldet sich niemand. Aber es gibt eine Iranerin, die nach Deutschland will. Sie ist ausgebildete Konditormeisterin, spricht perfekt Deutsch. Beide, der Hamburger und sie, müssen einen Berg von Papieren ausfüllen. Sie muss beim Goetheinstitut eine Prüfung hinlegen, obwohl sie die Sprache beherrscht und schon einmal diese Prüfung gemacht hat. Fragen Sie mich nicht, wieviele Institutionen in diesen Prozess eingeschaltet sind mit hohen Wartezeiten. Deutsche Botschaft, Ausländerbehörde und, ja, das schlägt dem Fass den Boden aus, ein ‚Welcome-Center', das gegen die Gebühr von 411 Euro die Vollständigkeit der Papiere noch einmal überprüft. Wissen Sie, wie lange es gedauert hat, bis die Dame schließlich in Hamburg war? Raten Sie mal!"

Ich überlegte, sagte: „Gewiss lange bei all diesen Behörden. Drei Monate?"

Sie lachte. „Von wegen! Das Fünffache. Fünfzehn Monate. Und dabei tun die hier so, als suchten sie dringend Fachkräfte."

„Erschreckend", gab ich zu. „Es ist ein Kreuz mit den Behörden. Das ‚Limburger Abendblatt' gäbe es schon lange nicht mehr, hätten wir nicht eine gute Anwaltskanzlei an der Seite. Mit der Meinungsfreiheit ist es in diesem Land nicht weither. Sie müssen immer höllisch aufpassen, was Sie sagen und schreiben. Sonst ernten Sie einen Shitstorm oder eine Klage. Nun ja, davon ein anderes Mal. Ich komme gerne wieder. Dann können wir an der Theke ein Glas Riesling trinken und ich erzähle Ihnen mehr. Darf ich übrigens über den Fall mit dem Äthiopier schreiben?"

„Natürlich. Darüber würde ich mich freuen."

Mit dem Brot und einer Weinflasche unter dem Arm verließ ich die Bäckerei. Das Türglöckchen bimmelte noch einmal. Ich war wieder draußen auf der Silberstraße. Bevor ich jedoch in die

Bergstraße einbog, hatte ich eine verstörende Begegnung. Auf dem Balkon eines Fachwerkhauses stand eine schon älter Frau. Ich schätzte sie auf etwa achtzig. Aber das war bei ihrem Zustand schwer zu sagen. Sie stand da in einem weißen Bademantel, hatte die Haare wirr im Gesicht hängen, blickte nach oben in den Himmel, warf die Arme in die Höhe und rief: „Ich nehme nicht jeden! Ich nehme nicht jeden!" Während ich an dem Haus vorbeiging, wiederholte sie ihren Spruch mehrere Male. Ich sah mich noch einmal um, als ich das Haus passiert hatte. Sie blickte immer noch nach oben, hatte mich gar nicht bemerkt, ich war also nicht angesprochen, war nicht gemeint. Kurz darauf bog ich in die Bergstraße ein.

4

Leupolds schmuckes Fachwerkhaus hatte ich rasch gefunden. Um den Vorgarten zog sich eine Schlehdornhecke. Auf dem Wiesenfleck stand ein niedrig wachsender Ahornbaum. Das Haus hatte tatsächlich einen langen Giebelspruch, der sich über zwei Kragbalken hinzog.

„Das Haus, das du dir bauest, sei dir wie ein Zelt. Drum Wandrer, der du's schauest, bedenke, daß die Welt, wo du zur Vorbereitung bist, nur eine Wanderstätte ist."

Auf einem mit Sonnenblumen gesäumten, gepflasterten Pfad ging ich durch den Vorgarten und zog an der Haustür den Strang einer Glocke. Es dauerte keine halbe Minute, da öffnete sich die Tür und Leupold stand vor mir. Er sah mich kurz an, lächelte, sagte: „Ah, der Reporter vom ‚Limburger Abendblatt'. Herr Friedsam, nicht wahr. Kommen Sie herein in die gute Stube!"

Ich reichte ihm die Flasche Wein. „Darf ich Ihnen von der Bäckersfrau überreichen."

„Ach, die Erna", sagte er. „Die gute Seele im Ort. Aber einfach hat sie's nicht. Vielleicht haben Sie bemerkt, dass hier einiges anders geworden ist."

Dreizehn Jahre waren seit meinem Besuch und seit der Reportage vergangen. Der Nachtwächter hatte sich im Gegensatz zum Dorf kaum verändert. Die Haare waren eine Spur weißer geworden. Vielleicht waren im Gesicht ein paar Falten dazugekommen. So genau erinnerte ich mich nicht mehr. Auf jeden Fall schien er noch genauso rüstig und gesund wie damals, obwohl er jetzt schon in den Siebzigern sein musste.

Durch einen mit Teppichen belegten Flur, dessen Wände wie bei Fachwerk üblich ein wenig schief waren, führte er mich in sein Wohnzimmer. Im Türrahmen blieb ich erstaunt stehen. Um die Wände des Raums zogen sich bis zur Decke hoch Bücherregale, um die herum oben eine Schiene lief, an der entlang man eine Leiter schieben konnte. Statt einer Tapete bedeckten Bücher die Wände. Und wäre mitten im Raum nicht eine gemütliche Sitzgruppe mit Tisch, Sofa und Sesseln gewesen und in einer Nische ein Kamin mit einem Stapel Holz daneben, so hätte ich den Eindruck gehabt, in einer Bibliothek gelandet zu sein. Auf dem Couchtisch fiel mir ein Topf mit einer Sonnenblume auf. Der Topf war mit einer weißen Manschette ummantelt, auf der irgendein Schriftzug stand. Die Blume selbst, die mit ihrem Blütenkranz stark und gesund wirkte, hatte eine Größe, die in etwa der Strecke vom Ellenbogen bis zu den ausgestreckten Fingern der Hand entsprach. Sie stand so, dass von einem großen, südlich liegenden Fenster, das für ein Fachwerkhaus eigentlich unüblich war, genügend Licht auf sie fiel, dem sie sich mit ihrem Blütenkelch zugewandt hatte. Jetzt, um die Mittagszeit, fiel ein breiter Streifen Sonnenlicht auf sie. Meine Verblüffung galt in erster Linie jedoch den Regalen, die sich vom Boden bis zur Decke um den Raum zogen.

Theodor Leupold bemerkte mein Erstaunen, lächelte und sagte: „Sie scheinen überrascht, dass ein ehemaliger Lokomotivführer und ehrenamtlicher Nachtwächter so eine Bibliothek hat. Bücher sind autark. Man kann ungestört lesen. Da mischt sich kein Microsoft ein. Die meisten Bücher sind übrigens philo-sophische Abhandlungen, was schon immer mein Hobby war. Dazwischen finden sich auch ein paar Romane und dann auch Biographien von Dichtern, Malern, Musikern. Und", ergänzte er, „ein paar Geschichtsbücher. Man muss ja auch wisssen, wie es früher in der Welt zugegangen ist. Was heute geschieht, sieht man ja. Aber", er zeigte jetzt auf die rechte Wandseite, „die Bücher dort sind nicht von mir. Es ist der alte Bestand unserer Borromäus-Bücherei. Ich verleihe sie gerne, aber selten erscheint jemand. Die Leute lassen sich lieber vom Fernseher berieseln. Bücher sind immer meine Freunde gewesen. Im Gegensatz zu der Glotzkiste und dem Computer mit seinem digitalen Unwesen. Kommen Sie, bevor wir uns gemütlich hinsetzen, zeige ich Ihnen noch mein kleines Arbeitszimmer."

Er führte mich durch den Flur zu einem anderen Zimmer, öffnete die Tür. Ich blickte auf einen massiven, antiken Schreibtisch, auf dem eine gewisse Unordnung herrschte. Papiere und Bücher lagen darauf herum. Ein Tintenfass mit Füller, auf einem Teller Siegelstempel, Siegellack und eine Kerze, Briefkuverts, ein paar Briefmarken, ein Brillenetui, ein kleiner CD-Player, verstreut ein paar Notizblöcke, in einem Becher Bleistifte, daneben ein Anspitzer. So rasch und auf den ersten Blick bekam ich das alles gar nicht mit. Auf jeden Fall war es ein gewisses Chaos, das nur er beherrschen mochte. Am meisten aber erstaunte mich, dass der auf einem Schreibtisch sonst übliche Computer oder Laptop fehlte. Statt dessen stand dort in der Mitte des Tisches eine Reiseschreibmaschine.

„Sie schreiben noch mit so etwas?" fragte ich erstaunt. „Kein Computer, kein Laptop? Unüblich."

„Den Grund erzähle ich Ihnen nachher", meinte er. „Wundern Sie sich aber nicht, dass in der Ecke ein Fernseher steht. Den habe ich aus dem Keller wieder hochgebracht. Eigentlich wollte ich den ganzen Schrott nicht mehr sehen. Aber der ARD-Rundfunk hat mich nicht aus den Gebühren entlassen. Egal, ob Sie gucken oder nicht, Sie müssen zahlen. Jeder, der angemeldet ist, hat die Gebühr zu entrichten. Es half auch nicht, dass ich einwandte ‚online sehe ich auch nichts, ich habe weder Computer noch Internet'. Wenn Sie nicht zahlen, treiben die das Spiel bis zur Erzwingungshaft. So ein Held, der sich bis zum bitteren Schluss dagegen wehrt, so ein Michael Kohlhaas, bin ich nicht."

Neben dem Fernseher stand ein Koffer, dem ich jedoch keine besondere Beachtung schenkte. Der Nachtwächter schien nach meinem ersten Eindruck in seinem Haus über ein individuelles Chaos zu verfügen. Es hätte mich auch nicht gewundert, wenn er auf der Ballustrade über dem Flur eine Orgel eingebaut hätte.

„Kommen Sie!" forderte er mich auf, „gehen wir wieder ins Wohnzimmer! Dann erzählen Sie mir, warum Sie hier sind. Was darf ich Ihnen übrigens anbieten? Kaffee, Cognac, ein Bier?"

Er sah auf seine Armbanduhr. „Oh, schon Mittag! Da darf man ein erstes Schlückchen wagen."

„Kaffee bitte!" antwortete ich. „Ich will meinen Führerschein behalten."

„Gut", meinte er. „Dann setzen Sie sich schon mal ins Wohnzimmer. Ich komme gleich. Aber verraten Sie mir vorher, warum sind Sie eigentlich hier, kommen in ein Dorf, in dem es nichts mehr zu sehen gibt."

„Das wusste ich vorher nicht", antwortete ich. „Für unser Feuilleton wollte ich nach dreizehn Jahren noch einmal sehen, wie es in Lüdringhausen so läuft. Und eigentlich wollte ich endlich mit dem Silberzug zur Lahn fahren."

Leupold hob den Kopf zur Decke, lachte. „Der Silberzug! Der verrottet in der Scheune."

5

Ich nahm auf dem Sofa im Wohnzimmer Platz, blickte immer noch etwas verwundert auf die mit Büchern gepflasterten Wände, fand es großartig, dass ein einfacher Lokomotivführer so einfach nicht war. Ich erinnerte mich auch daran, dass Leupold mit 52 Jahren frühverrentet wurde. Im Laufe unseres Gespräches würde ich ihn danach fragen. Er würde es mir gewiss nicht übel nehmen. Ich versuchte die Titel auf den Buchrücken zu lesen, was mir aber nur bei einigen gelang, bei den besonders dicken Wälzern. So entdeckte ich zum Beispiel ‚Goethe und Christiane – ein Briefwechsel‘, ‚Das Leben des Friedrich Schiller‘, ‚Eines Menschen Zeit‘, ‚Nachtzug nach Lissabon‘, ‚Die Unruhe der Welt‘, ‚Don Quijote‘ und einige andere. Darunter war sogar der ‚Ulysses‘ von James Joyce, an dem ich selbst nach nur zwanzig Seiten gescheitert war. Es ist nicht einfach, 800 Seiten zu lesen, die nur einen einzigen Tag im Leben eines Mannes im grauen Dublin beschreiben. Wie verrückt muss man sein, hatte ich gedacht, um solch ein Werk zustande zu bringen? Ich bekam einen ersten flüchtigen Eindruck von Leupolds Bibliothek. Philosophische Bücher, Biographien, ein paar Romane, nicht nur von Deutschen, durchaus international, Italiener, Spanier, Amerikaner, Engländer, Franzosen, Brasilianer, Kolumbianer, Portugiesen. In einem unteren Regal las ich auf einem Buchrücken ‚Morgen haben wir andere Namen'. Ich war neugierig, stand auf, zog das Buch heraus, es war von einem Spanier. Ich las den Klappentext. ‚Der unaufhaltsam virtueller werdende Alltag bestimmt zusehends das Leben, bis hin zu den intimsten Momenten.'

Leupold kam mit einem Tablett. Eine geöffnete Flasche Riesling darauf, ein Glas, eine Tasse, eine Kanne mit Kaffee, Milch, Zucker, ein Löffel. Als er mich mit dem Buch in der Hand sah, lächelte er, blieb vor dem Couchtisch stehen, bemerkte: „Ja, ja, die digitale Welt. Fluch und Segen. Will ich wissen, wieviele Quadratkilometer Grönland hat, kann ich das rasch nachsehen, muss nicht in irgendeine Bibliothek, obwohl der Aufenthalt dort recht gemütlich ist. Aber sonst: Mehr Fluch als Segen. Fortschreitende Entpersönlichung, Manipulation, Überwachung, Ausgrenzung vor allem der Älteren, die nicht mit einem Smartphone oder einem Computer umgehen können. Aber lassen wir das. Vielleicht später noch davon. Ich jedenfalls bin auf die Schreibmaschine umgestiegen, will nichts mehr zu tun haben mit Updates und diesem ganzen Quatsch. Wissen Sie, Microsoft fummelte mir zu sehr in meinem Computer rum, die haben sogar ohne meine Zustimmung Gebühren von meiner Kreditkarte abgehoben für Apps, die ich gar nicht haben wollte. Sie zwingen einem das auf, bombardieren einen auch mit Nachrichten, die man gar nicht lesen will, aber doch unwillkürlich ein Auge darauf wirft. Die wohnen unerlaubt in Ihrem Computer. Es ist so, als würden Sie einem Fremden Ihren Hausschlüssel geben. Die letzte Aufforderung von Microsoft war:

‚Laden Sie Ihren neuen Co-Piloten herunter. Ich bin Bing, der neue KIgestützte Chat-Modus von Microsoft Bing, der dir helfen kann, zusammengefasste Antworten und kreative Inspiration schnell zu erhalten.‘

Was für eine unverschämte Einmischung und Manipulation! Mit der Schreibmaschine komme ich wunderbar klar. Da fummelt mir keiner dazwischen."

„Sie schreiben?" fragte ich.

„So kann man das nicht nennen. Ich mache mir ab und zu ein paar Notizen über den Zustand der Welt. So, wie ich ihn sehe."

Er stellte das Tablett auf den Couchtisch, schob, um Platz zu haben, den Topf mit der Sonnenblume vorsichtig, ja fast mit einer zärtlichen Geste, an den Rand des Tisches, bis dahin, wo noch ein Streifen Sonnenlicht auf sie fiel. Ich klappte das Buch zu, schob es zurück ins Regal, setzte mich. Leupold goss mir Kaffee ein, sich selbst Riesling ins Glas.

„Sie trinken den ungekühlt?" fragte ich.

„Nein, das ist eine andere Flasche. Nicht die, die Sie mir gebracht haben. Aber sie ist auch von Erna. In ihrer Wohnung, wo das Ordnungsamt nicht hinkommt, hat sie ein ganzes Lager, versorgt damit das Dorf. Aber schreiben Sie das bloß nicht. Sonst bekommt sie Ärger. Der Riesling ist für viele hier der einzige Trost. Alles andere ist den Bach hinunter gegangen. Den Heimatverein gibt es nicht mehr, der Silberzug verrottet, der Fußballverein ist aufgelöst, der Bürgermeister zurückgetreten, die Marienkirche geschlossen, ebenso der Märchenpark, die Bücherei auch, ich als Nachtwächter musste die Führung einstellen. Die können Sie jetzt, wie sie behaupten, interaktiv mit einer App machen."

„Und?" fragte ich. „Wird das wahrgenommen?"

„Ach was! Ich habe noch keinen damit durch das Dorf laufen sehen."

„Was ist mit dem Pfarrer? Man hat ihn einfach versetzt oder in den Ruhestand geschickt wegen der Zentralisierung?"

„Nicht nur wegen der Zentralisierung. Wir hatten ja einen Italiener, den Monsignore Falcetti. Er kam gut klar in Lüdringhausen. Die Kirche war sonntags gut besucht. Von Frommen und von Neugierigen. Der Monsignore hatte nämlich einen Defekt. Das Tourette-Syndrom. Allerdings in einer harmlosen Variante, also ohne das zwanghafte Ausrufen von schmutzigen Ausdrücken oder sexuellen Anspielungen. Während der Liturgie am Altar und während der Predigt auf der Kanzel warf er immer wieder die Arme in die Höhe und rief „4:3!" Lange haben wir das nicht verstanden, bis er uns einmal in einer launigen Runde des Pfarrgemeinderates aufklärte. Als noch junger Bub hatte er

1970 das Halbfinale bei der WM in Mexiko gesehen. Deutschland spielte gegen Italien, hat in einem dramatischen Spiel 4:3 verloren. Der Sieg der Italiener, dieses Jahrhundertspiel, hat ihn so begeistert, dass sich das als Tourette-Syndrom niedergeschlagen hat. Ein harmloser Tick eigentlich. Aber während einer Messe darf man das nicht. Das Bistum Limburg hat Wind davon bekommen, hat ihn aus dem Amt gezogen. Es war also nicht nur die um sich greifende Zentralisierung. Er ist dann nach Italien zurück. Was er heute macht und wie es ihm geht und ob er überhaupt noch lebt, weiß ich nicht. Wir haben den Kontakt verloren. Aber mit seinem 4:3 hat er die Kirche gefüllt, und es wurde auch viel gelacht. Jetzt verirren sich in die Messe, die vierzehntägig stattfindet, nur noch ein paar alte Mütterchen. Das Gotteshaus ist leer geworden."

„Sagen Sie", wechselte ich das Thema, „Sie haben mir damals ja erzählt, dass Sie bereits mit 52 in Rente gegangen sind. Darf ich, ohne Ihnen zu nahe treten zu wollen, den Grund erfahren? Ich werde natürlich nicht darüber schreiben. Es ist gewiss zu persönlich."

„Schreiben Sie es ruhig", antwortete er. „Das ist kein schlimmes Geheimnis. Es ist allerdings auch nicht besonders sensationell. Es war einfach ein Unfall."

6

„Ja, die Frühverrentung", seufzte Leupold und nahm einen Schluck Wein. „Geschadet hat sie mir nicht. Ich bekomme zwar weniger, als hätte ich bis zum normalen Rentenalter durchgearbeitet, also bis 67. Auch Lokführer unterliegen dem gesetzlichen Rentenalter. Genaugenommen bekomme ich keine Rente, sondern als Bahnbeamter eine Pension. Denn ich war schon vor der Bahnprivatisierung Lokführer. Was ich jetzt bekomme, reicht mir. Das Haus habe ich von den Eltern geerbt, Miete entfällt also. Ich war dankbar, dass ich mich mit 52 anderen Dingen widmen konnte. Intensiver jetzt mit dem Lesen, mit der Philosophie. Die Führungen durch den Ort, als Nachtwächter verkleidet, hatten mir viel Spaß gemacht. Die Fahrten mit dem Silberzug und die Wartungsarbeiten daran auch. Ich konnte mich mit Muße meinem Kräutergarten widmen, war im Heimatverein und ein paar Mal in der Woche auch auf unserer Boule-Bahn. Gelangweilt habe ich mich wahrhaftig nicht."

Ich unterbrach ihn. „Was ist denn mit Frauen?" wollte ich wissen. „Sie waren verheiratet oder immer Junggeselle? Verzeihen Sie, wenn ich das frage. Aber das gehört ja auch zum Leben dazu."

„Ja, natürlich", erwiderte er ruhig. „Ich war verheiratet. Aber die Annegret ist mir, da war ich gerade 52 geworden, sozusagen laufengegangen. Sie hat sich in einen Griechen verliebt, ist vom Kretaurlaub nicht zurückgekommen. Ein Jahr später einvernehmliche Scheidung. Für meine Zustimmung durfte ich ohne eine Auseinandersetzung das Haus behalten. Mit der Erna, der Bäckersfrau, hatte ich danach eine längere Affäre, bis wir uns entschlossen, Freunde zu bleiben. Seit drei Jahren bin ich allerdings wieder unter dem Hut oder auch unter dem Schirm, auf jeden Fall in guten Händen. Doch das erzähle ich Ihnen vielleicht später. Ich bin jetzt 74, viel zu jung, um mich aus der Welt der Frauen zu verabschieden. Ich bin dankbar, dass Amor noch einmal zugeschlagen hat. So, jetzt aber zurück zur Frühverrentung bzw. Frühpensionierung. Nein, ich muss da zuerst noch etwas vorausschicken, damit Sie überhaupt verstehen, warum ich Lokomotivführer geworden bin.

Als ich klein war, haben meine Eltern, bevor sie das Haus in Lüdringhausen geerbt haben, noch im linksrheinischen Oberwinter gewohnt. Als fünfjähriger Knirps habe ich dort immer an der Bahnschranke gestanden und auf Züge gewartet. Es war ein prickelndes Gefühl, wenn sich in der Ferne der Dampf der Lok ankündigte und sie dann mit ihren Wagen an mir vorbeibrauste und zum Horizont wie in eine geheimnisvolle Welt entschwand. Stundenlang konnte ich an der Schranke stehen und warten. Nach Hause kam ich dann immer mit einem rußverschmierten Gesicht. Ich weiß nicht, ob Sie diese alten, kräftigen Loks mit dem Kohlewagen dahinter noch kennen. Ab und zu winkte mir der Heizer aus seinem Fensterchen auch zu, was mich besonders stolz machte. Ich nahm mir mit fünf Jahren schon vor, Lokomotivführer zu werden. Aber zunächst kam es anders. Nach der Volksschule Gymnasium in Bonn, Abitur und dann sollte ich auf Wunsch der Eltern studieren. Am besten etwas, was das Brot sichert. Rechtsanwalt, Medizin oder sonst etwas, was ein Einkommen garantiert. Ich wollte damit aber nichts zu tun haben und habe mich stattdessen für die Philosophie eingeschrieben. Den Eltern habe ich davon nichts erzählt, habe ihnen weisgemacht, ich würde Jura studieren, womit sie hochzufrieden waren. Aber nach zwei Semestern hatte ich die Theorie satt, obgleich ich die Philosophie weiterhin liebte. Was gingen mich die trockenen Überlegungen eines Aristoteles an oder die staubige Logik eines Wittgenstein!? Ich formte mir Kants kategorischen Imperativ um zu: ‚Habe Mut und mache, was du wirklich willst!' Ich war da erst 20 und bewarb mich bei der Deutschen Bundesbahn, wollte Lokomotivführer werden. Sie nannten den Beruf auch ‚Schienenkapitän', was mir gefiel. Die Vorausetzung für die dreijährige Ausbildung hatte ich. Sie legten besonderen Wert auf Verantwortungs-bewusstsein, auf psychische Stabilität, um gut mit Stress umgehen zu können, man sollte Spaß an Technik haben und ein wenig handwerkliches Geschick und

Bereitschaft, am Wochenende und im Schichtdienst zu arbeiten. Weniger angenehm war ein gewisser Part der Ausbildung. Ich musste nicht nur im Betrieb lernen, sondern wieder die Schulbank, Berufsschule, drücken. Schließlich konnte ich endlich die schriftliche und praktische Prüfung machen. Rangierbewegungen, Bremsproben, Signal- und Weichenkunde, das Bedienen von Überwachungs- und Steuereinrichtungen. Mit 24 Jahren hatte ich den Eisenbahnfahrzeugführerschein und nach einigen Zusatzbescheinigungen durfte ich dann das erste Mal eigenverantwortlich auf die Strecke bzw. Schiene gehen. Es war eine Fahrt von Köln nach Sylt. Obwohl ich bei dieser ersten Fahrt noch einen älteren Kollegen sozusagen als Wächter hatte, war es ein königliches Gefühl. Dann, da hatte ich das 25jährige Berufsjubiläum schon hinter mir, kam jener verhängnisvolle Mai. Die Sache mit Annegret und ihrem Griechen war da noch frisch, gerade sechs Wochen her. Ich litt darunter, war mit den Gedanken nicht ganz beisammen, war noch verwundet von der Kreta-Geschichte. An diesem Tag musste ich mit einem Personenzug die

Strecke von Köln nach Mainz fahren. Für die Schönheit des Mittelrheins hatte ich keinen Sinn. Die Schwellen zwischen den Schienensträngen huschten unter mir vorbei wie die Zeit, die Stunden, die Tage, Wochen, Monate, Jahre. Sie huschten unter mir vorbei wie Zaunlatten, hinter denen ich gefangen war. O ja, ich liebte meinen Beruf, die Verantwortung. Aber immer dieselbe Strecke! Von Köln nach Mainz. Von Mainz nach Köln. Ist Variation nicht ein Element des Lebens!? Wie sah die Welt außerhalb der Schwellen, außerhalb des Zauns aus? So träumte ich etwas vor mich hin, starrte nur auf die unter mir vorbeihuschenden Balken.

Das Signal muss ich übersehen haben. Normalerweise ist die Einfahrt in den Bahnhof von Bingen frei. Dieses Mal aber stand dort ein Güterzug. Ich habe ein paar Sekunden zu spät die Bremsung eingeleitet, bin aber nur leicht auf den letzten Frachtwagen aufgefahren. Der wurde aus den Schienen gehoben. Meine Fahrerkabine war eingedrückt. Es gab einschließlich mir fünf Leichtverletzte. Alles war eigentlich noch glimpflich verlaufen. Aber natürlich musste ich zur psychologischen und ärztlichen Untersuchung. Jetzt kannst du auch übertreiben, dachte ich. Frau laufengegangen, Unfall verursacht. ‚Ich bin absolut fertig‘, habe ich gesagt. Psychologe und Arzt haben ein entsprechendes Gutachten aufgesetzt. Dienstuntauglich, noch nicht einmal am Fahrkartenschalter einsetzbar. In Lüdringhausen habe ich mich wieder erholt, gedacht, es gibt noch andere schöne Frauen. Mag Annegret auf Kreta vertrocknen. Ich habe mich um den Silberzug gekümmert, bin dem Heimatverein beigetreten, habe den Nachtwächter als Fremdenführer ins Leben gerufen, mich unserem Dorf gewidmet. Aber Sie haben ja gesehen, wie das alles den Bach runtergegangen ist. Lüdringhausen ist tot, eingegangen an einer verrückten Bürokratie, an unsinnigen Vorschriften, an deutscher Mentalität.“

7

„Ja“, stimmte ich zu. „Deutschland wird totreguliert. Mit elitärer Abgehobenheit. Zuerst war es ein schleichender Prozess. Jetzt hat er an Dynamik gewonnen. In Lüdringhausen scheint sich das besonders bemerkbar zu machen. Hier sind wohl Lebensfreude und Lebendigkeit den Bach hinuntergegangen."

„Es ist so", bestätigte er. Die Menschen haben Sorgen, Angst. Eine Krise jagt die andere. Vor allem die älteren Menschen, die nicht mit dem Computer oder dem Smartphone umgehen können, werden digital ausgegrenzt. Wenn zum Beispiel meine Nachbarin, sie ist 85, Geld braucht oder Überweisungen tätigen muss, fahre ich mit ihr nach Limburg. Hier haben sie die Filiale ja aus Rationalisierungsgründen geschlossen. Bei der Fahrt nach Limburg erledigen wir auch Einkäufe. Erna hat man ja den Verkauf von Lebensmitteln verboten. Und in absehbarer Zeit wird es dort noch nicht einmal Brot geben. Sie sucht eine Hilfe, hätte sie auch, aber die Ausländerbehörde legt ein Veto ein."

„Ich weiß. Hat sie mir erzählt. Auch von einem anderen Fall, wo es fünfzehn Monate gedauert hat, bis eine iranische Konditormeisterin nach Deutschland kommen durfte."

Leupold lachte. „Fünfzehn Monate. Das ist noch gar nichts. Neulich hat eine Reportage im Fernsehen einen anderen Fall offengelegt. Eine Dresdner Zigarrenmanifaktur hat eine Fachkraft für das Wickeln von Zigarren gesucht. In Deutschland haben sie niemanden gefunden. Aber auf Kuba gibt es die zu Hunderten. Was glauben Sie, wie lange es gedauert hat, bis ein Kubaner von Havanna nach Deutschland kommen durfte?"

„Ein paar Monate mehr?"

„Fünf Jahre!"

„Verrückt!" entfuhr es mir. „Kaum zu glauben."

„Ja, ja", meinte er. „Hier gibt es Vieles, was man nicht mehr glauben möchte. Erst heute Morgen habe ich noch die Nachricht gelesen, dass man 120 ältere Menschen aus ihrem Pflegeheim in Neukölln weist, um dort Asylanten unterzubringen. Verstehen Sie mich bitte nicht falsch. Ich habe nichts gegen Asylanten, gegen Schutzsuchende, sofern sie nicht Sozialbetrüger sind. Von mir aus könnte man tausend Sambatruppen hier einbürgern. Das wär doch was. Würde dem Land guttun. Aber ältere, hilfsbedürftige Menschen einfach so zu entwurzeln, ist unmenschlich. Um noch einmal auf meine Nachbarin zurück- zukommen: Während der unsäglichen Coronahysterie durfte sie ihren Bruder im

Pflegeheim nicht besuchen. Und als der dann unmittelbar nach dem Boostern auf die Intensivstation gekommen ist, auch nicht. Nach zwei Tagen ist er dort einsam gestorben. Nicht, weil er Corona hatte, sondern weil er das Boostern nicht vertrug. Das war eine Injektion zu viel. Man kann ja heute fast froh sein, dass es so viele andere Krisen gibt. Das lenkt ab von den überall lauernden Viren, vor denen zu warnen die Virologen nicht müde werden. Was halten Sie übrigens von unserer Klimakatastrophe? So sollen wir das ja nennen, um nicht den Begriff ,Klimawandel' zu benutzen?"

„Ich weiß nicht", antwortete ich. „Bei dem Mistwetter hier merke ich allerdings nichts von einer Erderwärmung. Klimaänderungen hat es in der Geschichte der Erde immer schon gegeben. Das antarktische Spitzbergen lag früher einmal wegen der Kontinentalverschiebung auf Höhe der Bahamas. Die globale Erwärmung, sofern sie stimmt, könnte ja auch an einer Verschiebung der Erdachse liegen oder an einer gering veränderten Umlaufbahn der Erde um die Sonne. Aber von solchen Überlegungen hört man nichts. Die haben sich alle auf das Kohlendioxid eingeschossen."

„Das mit dem Kohlendioxid ist ein Märchen", sagte der Nachtwächter. „Aber das will ich jetzt nicht weiter ausführen. Haben Sie in meinem Arbeitszimmer den Koffer neben dem Fernseher bemerkt?"

„Ja. Was ist damit?"

„Sie haben Glück, dass Sie mich hier noch antreffen. Ich werde nämlich auswandern. Ich meinerseits habe Glück, dass Sie gekommen sind. So darf ich, wenn Sie es lesen wollen, Ihnen mein Manuskript mitgeben. Sie dürfen es auch für eine Reportage im ‚Limburger Abendblatt' verwenden. Ich kann es niemandem schicken. Es ist ja auf einer alten Reiseschreibmaschine verfasst. Die Verlage nehmen doch nur noch PDF-Dateien als Emailanhang entgegen. Außerdem ist es auch viel zu kurz. Wer interessiert sich schon dafür!? Und in den Lektoraten der Verlage wimmelt es ja nur noch von Lektorinnen, die bei der leisesten Entgleisung oder was immer sie dafür halten, wenn man zum Beispiel den Ausdruck ‚Weib' benutzt, sofort protestieren. Auch darf man nicht gegen das unselige Gendern verstoßen. Hier schwebt über allem eine Meinungszensur, ein Common Sense, den man, will man nicht als Quertreiber beschimpft und diskriminiert werden, zu beachten hat."

Der Nachtwächter goss sich einen letzten Schluck Wein in das Glas, blickte versonnen auf ein Regal in der Bücherwand, legte dann die Stirn in Falten, sah mich an, fragte: „Was glauben Sie, warum die Welt so ins Trudeln geraten ist?"

„Wird wohl mehrere Gründe haben", wich ich aus.

„So? Meinen Sie? Aber an der Wurzel hat es einen tieferen Grund."

„Welchen?" fragte ich.

„Es ist die Gottesfinsternis, die wir herbeigeführt haben. Der Sturz in den absoluten Materialismus unserer Postmoderne. In den Atheismus. Raum ohne Gott. Der Mensch verherrlicht sich selbst. Wir im Westen leben so, als ob Gott nicht existiere. Wir trocknen an der Wurzel aus. Aber das hat man damals schon geahnt. So neu ist das nicht. Wir haben es nur bis zum Exzess weitergetrieben."

Er stand auf, steuerte auf das Regal zu, auf das er gerade einen Blick geworfen hatte, zog ein Buch heraus, blätterte, hatte rasch die Seite, die er gesucht hatte, gefunden.

„Ende des 19. Jahrhunderts. Im Untertitel heißt es: ‚Ein Buch für alle und keinen'. Damals schon. Gottesferne. Jetzt ist es nur noch schlimmer geworden. In diesem Buch läuft ein Mensch am hellichten Tag mit einer Laterne durch die Stadt. Doch hören Sie, was er ruft."

Er las vor. „Ich suche Gott! Ich suche Gott… Wohin ist Gott? Ich will es euch sagen! Wir haben ihn getötet – ihr und ich! Wir alle sind seine Mörder! Aber wie haben wir dies gemacht? Wie vermochten wir das Meer auszutrinken? Wer gab uns den Schwamm, um den ganzen Horizont wegzuwischen? Was taten wir, als wir die Erde von ihrer Sonne losketteten? Wohin bewegt sie sich nun? Irren wir nicht durch ein unendliches Nichts?"

Der Nachtwächter klappte das Buch zu, schob es ins Regal zurück. „Sehen Sie, das ist der Wurzelgrund für all den Wahnsinn, der zur Zeit geschieht. Atheismus, Nihilismus, selbstherrliche Willkür. Profitmaximierung, Raubtierkapitalismus, Orientierung am Machterhalt statt an einer humanistischen Ethik, Ideologie statt Vernunft. Diabolischer Wirrwarr. Im

Mittelalter hat man noch Kathedralen gebaut. Und heute? Die Kirchen werden geschlossen. Während der Coronazeit hat man sogar die Weihwasserbecken trockengelegt. Wir haben Gott verloren. Wir, die Erben des Aufklärungszeitalters. Die Hauptsache, der Supermarkt ist geöffnet und wir dürfen bei Unterhaltungssendungen dahindämmern. Die Digitalität ist unsere Religion geworden. Die künstliche Intelligenz. Wer denkt denn heute noch an einen Brief des Paulus, in dem es heißt: ‚Bist du geistig unsicher, vertraue auf Gott!‘? Es gab bessere Zeiten als die unsere. Zeiten der Seelenruhe, halkyonische Tage gewisser Epochen. Der französische Geschichtsphilosoph Montesquieu hat einmal scherzhaft gesagt: ‚Glücklich die Zeitalter, deren Geschichte langweilig ist‘."

Ich schwieg zu den Ausführungen des Nachtwächters, zu seinem Diskurs, der einen geheimen Winkel seiner Seele freilegte. Was sollte ich spontan auch dazu sagen? Ich fragte nur: „Von wem ist das Buch, aus dem Sie eben vorgelesen haben?"

„Nietzsche", antwortete er. „Fröhliche Wissenschaft".

Leupold blickte jetzt zur Zimmerdecke hoch, schien etwas zu überlegen. Dann sagte er: „Ja, das kann ich ruhig machen. Warten Sie, ich gehe eben in mein Arbeitszimmer. Ich werde Ihnen wirklich mein Manuskript mitgeben. Er entfernte sich, kam nach kaum einer Minute mit einem Konvolut von DIN-A4 Blättern zurück, reichte es mir. Auf dem Deckblatt las ich: ‚Vom Wahnsinn umzingelt'.

8

Ich bedankte mich für das Manuskript, für Leupolds Vertrauen. Ich blätterte die Seiten rasch durch bis zur letzten, zur Seite 82, und überlegte schon, ob ich es im Feuilleton als Fortsetzungsserie veröffentlichen könnte. Natürlich auch in der Online-Ausgabe des Abendblatts. Ich überlegte mir auch schon einen Leitartikel, etwa mit der Überschrift ‚Niedergang eines Dorfes'. Ich erzählte dem Nachtwächter von meinem Plan und fragte auch, ob er durch einen solchen Artikel beleidigt wäre. Immerhin sei es ja sein Dorf, in dem er eine wichtige Rolle gespielt hatte. Nicht nur als Nachtwächter bzw. Fremdenführer.

„Sie können damit machen, was Sie wollen", antwortete er. „Sie können es auch in Auszügen bringen. Es sind einige Buchbesprechungen dabei, vielmehr Reflexionen über das Gelesene. Und auch Reisebeschreibungen. Das können Sie weglassen. Ich hatte nämlich die Angewohnheit, mir nach der Lektüre die wichtigsten Eindrücke aufzuschreiben. Und auch Erlebnisse bei den Reisen der letzten Jahre. Würden Sie das auch veröffentlichen, hätten Sie für Ihre Zeitung Stoff für ein ganzes Jahr. Was den Leitartikel betrifft, nein, ich wäre nicht beleidigt. Es stimmt ja. Zu überlegen wäre, ob es nicht nur mein Dorf betrifft, sondern das ganze Land. Erst vor ein paar Tagen hat ein mutiger und bekannter Politiker gesagt: ‚Wir sind der kranke Mann der Welt'. Wir müssten unbedingt unsere Mentalität ändern. Und der Minister-präsident von Baden-Württemberg hat in einem Interview gemeint: ‚Wir werden so nicht mehr regieren können'. Er hat die überbordende Bürokratie, die wie ein Krebsgeschwür wuchert, beim Namen genannt, hat es sehr höflich ausgedrückt und von filigranen Regulierungen gesprochen, die nicht mehr administrabel seien. Man habe in den letzten siebzig Jahren immer mehr Regulierung aufgebaut. Stimmt ja auch so. Der Staat erstickt an seiner Bürokratie, an der Selbstherrlichkeit, Trägheit und Arroganz der Ämter. Die Zeiten früher waren liberaler. Jetzt sind wir verdammt nahe dran an Orwells ‚1984' oder an Huxleys ‚Schöne, neue Welt', eine Welt der Überwachung und Manipulation. Die Menschen leben in einer genormten Wohlfühlatmosphäre, in der die individuelle Freiheit abgeschafft worden ist. Die Menschen sind ruhiggestellt. Es wird ihnen ein vermeintliches Glück vorgegaukelt. Sie werden das Buch ja kennen und auch Orwells ‚1984', ein Roman, der nichts an Brisanz und Aktualität verloren hat. Von der digitalen Welt, die uns heute den Takt vorgibt, hatte er damals, als er den Roman schrieb, noch keine Ahnung gehabt, aber von der virtuellen Überwachung oder vom sogenannten ‚Neusprech', das wir heute Gendern nennen. Wenn Sie sich nicht mehr an die beiden Bücher erinnern, ich gebe sie Ihnen gerne mit. Sie werden staunen, wie sehr man unsere Gegenwart darin wiedererkennen kann."

„Ich habe sie nicht gelesen", gestand ich. „Aber ich nehme sie gerne mit. Was mich jetzt aber viel mehr interessiert: Sie wandern aus? Wohin?"

„Nach Brasilien. In die Nähe von Rio. Sie können das in dem Manuskript nachlesen, wie es dazu gekommen ist."

Er lächelte, goss sich Wein in das leere Glas nach, meinte: „So ein bisschen neugierig dürfen Sie ruhig sein."

„Und das Haus hier?" fragte ich.

„Bleibt. Ich könnte es nur weit unter Wert verkaufen. Wenn überhaupt. Wer will schon in ein sterbendes Dorf ziehen!? Warum es nach Brasilien geht, werden Sie nach der Lektüre der ersten Seiten wissen oder zumindest ahnen. Es beginnt mit der letzten Fahrt des Silberzuges, mit einer verbotenen Tour und mit einem unerwarteten Glück. Auch das gibt es noch."

Eine halbe Stunde später verabschiedete ich mich von Leupold, ging den Weg zurück durch ein merkwürdig stilles Dorf, hatte unter den Arm geklemmt ein Brot, zwei Bücher und ein Manuskript. Ich kam auch wieder an dem Balkon vorbei, auf dem die alte Dame mit wirr herunter hängenden Haaren gestanden hatte, die Arme und das Gesicht flehentlich zum Himmel gehoben wie eine Kassandra. Sie ist weg, erschöpft wahrscheinlich von ihrem Rufen. Auch die Schule ist still. Wahrscheinlich sitzen die Äthiopier ratlos beisammen und wissen nicht, wie es weitergehen soll. Das Bürgerbüro meide ich. An einer virtuellen, angeblich interaktiven Führung bin ich nicht interessiert. Der Gang mit dem Nachtwächter damals war schöner. Ich erreiche den Rand des Dorfes, setze mich in den Wagen, starte den Motor, fahre zurück nach Limburg, nicht in die Redaktion, sondern in meine Wohnung, von der aus ich auf die Lahn blicken kann. Ausnahmsweise, nachdem es wochenlang nur geregnet hat, ist es ein warmer, sonniger Augusttag. Ich sitze auf meiner Terrasse und beginne das Manuskript zu lesen. Ein paar Tage später erscheint es in Fortsetzungen im Feuilleton des ‚Limburger Abendblatt'. Leupolds Buchbesprechungen habe ich weggelassen. Ebenso seine südamerikanischen Erlebnisse. Die würden eher in ein Reisejournal passen. Mir geht es um ein anderes Thema. Den symptomatischen Niedergang eines Dorfes und wie man die Menschen mit Sorgen und Krisen manipuliert. Der Titel, den Leupold für sein Manuskript gewählt hat, scheint mir nicht übertrieben zu sein. Auch wir in der Redaktion des ‚Abendblatts' gewinnen mehr und mehr den Eindruck, in einem weitläufigen Irrenhaus zu sein. Hier also des Nachtwächters Manuskript, das er in der Verachtung des Computers auf seiner Schreibmaschine verfasst hat.

Vom Wahnsinn umzingelt

Meine Aufzeichnung beginne ich am 18.8.2020. Endlich setze ich die Reiseschreibmaschine ein. Kein Microsoft stört mich mehr mit Updates, Apps und Meldungen, die ungewollt auf den Bildschirm flattern. Sie können auch nichts mehr von meiner Visacard abbuchen, die ich habe sperren lassen. Die Tasten der Maschine lassen sich zwar nicht so leicht und fast lautlos drücken wie die auf der PC-Tastatur, aber ich habe mich rasch daran gewöhnt, und das Klacken der vorspringenden Buchstaben, wenn sie sich durch das Farbband auf das Papier drücken, klingt bald vertraut.

Am Vormittag dieses 18. August, einem Dienstag, ruft mich eine Angestellte des Bürgerbüros an. „Herr Leupold, die alte Website mit Ihrer Führung und der Zugfahrt schwirrt ja noch im Netz. Eben hat mich eine Dame angerufen. Sie wollte eine Führung buchen. Den interaktiven Gang mit unserer App hat sie abgelehnt. Ich wäre bereit, hinsichtlich der Führung eine Ausnahme zu machen. Haben Sie ihre alten Klamotten noch und wären Sie bereit dazu? Es handelt sich um eine ganze Reisegruppe. Samba oder so ähnlich. So genau habe ich das nicht verstanden. Die

Dame sprach mit leichtem Akzent. Woher sie kommt, weiß ich nicht. Sie wollte Ihre Telefonnummer wissen. Die habe ich aber nicht herausgegeben. Aber ich kann Ihnen, falls Sie noch einmal zu einer Führung bereit wären, die Nummer der Frau geben. Dann könnten Sie sie anrufen. Sie haben etwas zum Schreiben dabei?"

„Augenblick", sage ich. „Ich hole mir eben Bleistift und Notizblock. Ich wäre bereit zur Führung. Mein altes Kostüm habe ich noch. Aber Sie wissen ja, viel zum Gucken gibt es hier nicht mehr. Ein Gang durch die Gassen mit ihren Fachwerkhäusern, ein Blick in die Scheune mit dem Silberzug. Das wäre es dann auch schon. Ich kann nur noch Geschichten aus der Vergangenheit erzählen."

„Das reicht doch", meinte sie. „Schön, wenn Sie es machen würden."

„Ich werde die Dame anrufen."

Ich hatte mir die Handynummer notiert. Etwas pikiert war ich von dem geringschätzigen Ausdruck ‚Klamotten'. Für die Verkleidung als Nachtwächter hatte ich mir so viel Mühe gegeben, die Sachen aus eigener Kasse angeschafft. Den Hut, den Ledermantel, die Tröte, die Laterne. Dass sie im Bürgerbüro von

,Klamotten' sprachen, zeigte die Arroganz ihrer modernen App, die eigentlich niemand wollte. Seit ihrer Einführung im Jahr 2018 habe ich noch keinen mit diesem angeblich interaktiven Instrument hier im Ort herumlaufen sehen. Es schmeichelte mir jetzt, dass der Nachtwächter offensichtlich begehrter war.

Eine Weile überlegte ich. Zu sehen war hier wahrhaftig nichts mehr. Die Kirche war geschlossen, seitdem man den Monsignore Falcetti abgeschoben hatte. Die Goethe-Stube verwaist seit Corona. Kaffeetrinken bei Erna gab es auch nicht mehr. Unser kleiner Märchenpark war zu. Der Pächter hatte die Anlage schließen müssen. Schneewittchens Sargdeckel öffnete sich nicht mehr. Rapunzels rotes Haar hing von Sonne und Wind gebleicht wie Stroh herunter, und Dornröschen war in einen ewigen Schlaf gefallen. Die Schließung des Märchenparks hatte mit Corona nichts zu tun. Es war eine besondere Posse. 2016 hatte ein naturkundiger Besucher am Brunnen des Froschkönigs einen Käfer entdeckt, den schwarzbraunen Kurzschröter, Aesalus scaraboeides. Bis zu sieben Millimeter kann der groß werden. Er steht in der roten Liste der gefährdeten Arten. Der Besucher sah sich wegen einer Meldepflicht genötigt, den Käfer bei der Naturschutzbehörde anzugeben. Ergebnis: Wegen eines kleinen Käfers musste der Märchenpark geschlossen werden, damit der Kurzschröter sein Habitat behalten kann und nicht gestört wird. Warum kommen die nicht auf die Idee, den Schröter umzusiedeln? Nein, stattdessen wird der ganze Park geschlossen und unser Dorf hat eine Attraktion weniger.

Ein Besuch in der Zugscheune, hochtrabend auch ,Eisenbahnmuseum' genannt, war eher traurig. So als besichtige man einen toten Tiger im Zoo. Doch da kam mir ein verwegener Gedanke. Die Lok wird ja noch in Ordnung sein, auch die Schienen bis zur Lahn. Verstoße doch gegen das Verbot, biete eine letzte Fahrt an. Das Ordungsamt in Beerenburg ist weit weg. Die bekommen davon nichts mit. Die Strecke ist einsam. Das Zelt mit den Bänken und Tischen an der Wohlfühlstation gab es nicht mehr. Aber ich konnte an der Obstwiese halten, ein Picknick machen. Fünf Loren hingen hinter der Lok. Eine davon, die letzte, würde ich mit Decken und Getränken füllen.

Ich rief die telefonische Wetterauskunft für Rheinland-Pfalz an, war erfreut über die Voraussage. „Die nächsten Tage bescheren uns warmes Badewetter bei Sonnenschein und 28 Grad. Lokal sind allerdings auch Wärmegewitter möglich."

Ich ging zur Scheune, inspizierte die kleine Lok, eine T3, eine dreiachsige Wasserdampf-Tender-Lok. Sie sah zwar etwas verstaubt aus, schien aber noch voll funktionstüchtig zu sein. Ich würde sie putzen, polieren, frisches Öl einfüllen und Wasser. Ein Blick in den Container, der in der Scheune stand, zeigte mir, dass auch noch genug Kohle da war. Für die Fahrt an die Lahn und dann von dort auf der Wendeschleife zurück würde der Vorrat reichen. Auch für eine Probefahrt, die ich an diesem Dienstag noch machen würde, bis zur Lahn und zurück, um die Strecke zu überprüfen. Wäre das gelungen, käme mein Anruf bei dieser Dame mit dem Dialekt. Was ist, dachte ich, wenn sich die Angestellte im Bürgerbüro nicht verhört hat und da will wirklich eine Sambatruppe eine Führung haben? Ich war neugierig.

Nachdem ich die Lok geputzt und poliert hatte, füllte ich Wasser in den Kasten unter dem Kessel, füllte auch Kohle in die Kästen links und rechts der Feuerbüchse vor dem Führerhaus. Ich vertraute darauf, dass die Kolbendampfmaschine noch in Ordnung war, ebenso wie die Steuerung, mit der man das Ein- und Ausströmen des Dampfes in bzw. aus den beiden Zylindern regulieren konnte. Der Dampf trieb die mit den Rädern verbundenen Schubstangen an. So konnte man Leistung und Geschwindigkeit der Lok verringern oder vergrößern. Die preußische T3 war robust und zuverlässig. Ich befüllte die Feuerbüchse mit Kohle, entfachte den Brand mit Hilfe eines Blasrohrs und Kohlenstaub, wartete, bis sich genügend Dampfdruck beim Kesselwasser einstellte und öffnete dann mit der Steuerstange den Zugang zu den Zylindern. Schwarzer Rauch fuhr vorne aus dem Schornstein, wurde heller, weißer und dann begannen die Schubstangen an den Rädern zu arbeiten. Zunächst langsam und fauchend schob sich der Silberzug aus dem weit geöffneten Scheunentor und nahm nach einigen Metern an Fahrt auf. Die angehängten Loren folgten gehorsam.

Am späten Nachmittag fuhr ich die Strecke bis zur Lahn und zurück. Alles war in Ordnung. Kein Hindernis auf den Schienen. Die Grasbüschel zwischen den Schienensträngen mähte die T3 mühelos nieder. Die verbotene Abschiedstour würde also gelingen.

Am Abend rief ich die Nummer an, die mir das Bürgerbüro gegeben hatte. Eine angenehme Frauenstimme meldete sich. 'Silveira' sagte sie. Einen Moment stutzte ich. Eine Spanierin? Italienerin? Ich nannte meinen Namen, den Grund, warum ich anrief.

„Ich bin der Nachtwächter und Fremdenführer von Lüdringhausen", sagte ich. „Sie hatten heute Morgen bei unserem Bürgerbüro angerufen?

„Ja".

„Frau Silveira, eine Führung bringt leider nicht mehr viel. Seit Corona sind die meisten Sehenswürdigkeiten geschlossen. Ich kann Ihnen aber eine Fahrt mit unserem Silberzug anbieten. Die Fahrt geht zwanzig Kilometer bis an die Lahn. Unterwegs halten wir für ein Picknick an einer Obstwiese."

„Que legal!" hörte ich sie ausrufen. Es klang überrascht und zustimmend.

„Wieviele Teilnehmer sind es denn?" wollte ich wissen.

„Wir sind zu Acht. Acht Frauen. Meine ehemalige Sambatruppe aus Maricá bei Rio de Janeiro. Die Gruppe hieß ‚Sambacabana'. Wir sind aber jetzt schon etwas ältere Damen." Sie lachte. „Samba jetzt nur noch privat. Ich bin seit langem schon in Deutschland, war hier verheiratet, wohne jetzt in B... an der Erft. Meine Freundinnen von damals sind auf Europatour, haben mich hier besucht."

Ich staunte. Die letzte Fahrt also mit einer brasilianischen Sambatruppe. Schön, dachte ich. Das ist ein würdiger Abschied für den Zug.

„Wieviel kostet die Fahrt?" fragte sie.

„Gar nichts", antwortete ich. „Es ist für mich eine Ehre, mit einer brasilianischen Sambatruppe durch den Westerwald zu gondeln. Fahrkarten gibt es nicht. Aber bringen Sie etwas für das Picknick mit. Es ist übrigens die letzte Fahrt unseres Silberzuges. Danach wird er stillgelegt. Wann wollen Sie fahren?"

„Am Donnerstagmorgen? Am 20. August? Geht das?"

„Ja, das ist gut. Sagen wir zehn Uhr?

„Ja. Und wo treffen wir uns?"

„Am Ortseingang von Lüdringhausen. Da, wo die Schiene die Straße kreuzt. Erwarten Sie keinen Bahnhof. Der Zug steht einfach da. Sie wissen, dass sie in einer offenen Lore sitzen, jeweils zu Viert auf zwei Holzbänken?"

„Ja, habe ich im Internet gesehen."

„Es ist nicht besonders komfortabel, aber die Landschaft ist schön und wir fahren langsam, höchstens mit zwanzig Stundenkilometern."

„Oh, das ist gut. Genau das wollten wir."

„Das Wetter wird mitspielen. Purer Sonnenschein", steigerte ich die Vorfreude. „Aber bringen Sie trotzdem einen Schirm oder eine Regenjacke mit. Man weiß hier nie, ob es nicht ein Gewitter geben kann. Die Prognose vom Wetterdienst ist jedoch sehr günstig. Sie kommen von B… nach Lüdringhausen?"

„Nein, wir sind jetzt in einem Hotel in Koblenz."

„Schön. Dann ist die Anfahrt ja nicht weit."

„Also bis Donnerstag", sagte sie mit fröhlicher Stimme und legte auf.

Ich schüttelte staunend den Kopf, wollte es noch nicht so recht glauben, dass die Abschiedsfahrt mit einer Sambatruppe stattfinden würde. Acht Damen in zwei Loren. Eine dritte Lore würde ich für das Gepäck und die Picknicktaschen angehängt lassen.

*

Der Silberzug ist bunt. Wir haben die Loren in Regenbogenfarben angemalt. Die erste hinter der T3 ist rot. Die danach sind orange, gelb, grün und blau. Bei der Wahl dieser Farben haben wir nur an die Schönheit der Natur gedacht, an ein wunderbares Schauspiel am Himmel. Nicht an ein Zeichen für Diversität, für sexuelle Vielfalt. Auf diese Idee ist damals noch niemand gekommen. Die Farben waren völlig unschuldig. Zum Sitzen sind zwei gegenüber liegende Holzbänke eingebaut für je zwei Personen. Zum Einstieg in die Lore haben wir zwei Metallleitern an Innen- und Außenwand angeschweißt. Der Spaß beginnt schon beim Einsteigen. Immer war der Zug vollbesetzt. Wir mussten sogar Wartelisten führen. Mit dem Preis waren wir zivil. Zehn Euro, Kinder die Hälfte. Damit haben wir gerade die Betriebskosten eingespielt. Dann kam das Jahr 2017. Wir bekamen die Auflage, dass unsere Fahrgäste Helme tragen und sich anschnallen sollten. Außerdem sollten Ein- und Ausstieg behindertengerecht bzw. barrierefrei sein. Wir haben im Heimatverein nur den Kopf geschüttelt, gesagt: „Dann ist die ganze, schöne Atmosphäre tot." Mit Helm und angeschnallt durch den Westerwald zockeln! Barrierefrei! Wie sollen wir das machen? Türen in die Loren einbauen? Diese Auflagen, Helm, Gurt, Tür würden unseren Etat sprengen. Wir kamen auf eine Notlösung. Dann eben keine Loren mehr, sondern einen alten Waggon. Den würde die Lok auch ziehen können. Wir wandten uns um Hilfe und Vermittlung an die Deutsche Gesellschaft für Eisenbahngeschichte. Aber es gab keinen Waggon. Die wenigen Liebhabervereine, die in Deutschland eine nostalgische Romantik pflegten, brauchten ihre Wagen selber. Wir haben gegenüber der Behörde angegeben, dass wir auch mit Behinderten bzw. Gehandycapten noch nie Schwierigkeiten gehabt hatten, selbst wenn sie im Rollstuhl saßen. Mit Hilfe von außen und innen wurden sie sicher in die Lore gehoben. Auch bei der Fahrt hat nie eine Gefahr bestanden. Zur Zeit der Apfelernte habe ich an der Obstwiese gehalten, damit sich niemand zu weit über den Lorenrand beugen musste. An der T3 hatten wir auch zwei Rückspiegel angebracht, mit denen ich das Geschehen hinter mir stets beobachten konnte. Der Zug wurde auch regelmäßig vom TÜV untersucht und freigegeben. Alle unsere Argumente halfen nicht. 2018 wurde der Silberzug stillgelegt. Das hatte das Ordnungsamt nun davon. Der Zug war nicht nur nicht barrierefrei. Der fuhr nicht mehr. Weder für die Behinderten bzw. Gehandycapten noch für die Anderen. Aus die Maus! Dem Ordnungsamt war das egal. Ich war gerne mit diesem Zug gefahren, unsere Gäste auch. Im selben Jahr trat der Bürgermeister aus Protest gegen fehlende finanzielle Unterstützung durch das Land zurück. Das Rathaus wurde geschlossen, das Bürgerbüro zog in die seit ein paar Jahren leerstehende Filiale der Sparkasse um. Hier kamen sie auf die Idee der digitalen Modernisierung, erfanden die App für den Rundgang. Damit war ich auch als Nachtwächter bzw. Fremdenführer erledigt. Gelangweilt habe ich mich nicht. Ich hatte genug Bücher, half meinen schon alten Nachbarn, die keine Ahnung vom Internet hatten, Finanzgeschäfte zu erledigen und auch Einkäufe zu tätigen. Erna durfte seit drei Jahren ja keine Lebensmittel mehr verkaufen. Mit meinem alten Pickup, einem bordeauxroten Chevrolet, den ich gebraucht gekauft hatte, fuhren wir dann in den nächstgelegenen Supermarkt. Ich hatte also wirklich genug zu tun. Hinzu kam ja auch noch die Pflege des Gartens mit seinen Kräuter- und Gemüsebeeten und den Obstbäumen, und ab und zu waren Reparaturen im und am Haus notwendig. Einmal in der Woche war ich auch in der ‚Goethe-Stube‘, spielte dort Skat. Meine beiden Skatbrüder rauchten wie der Schornstein der T3. Mir machte das nichts. Dem Wirt auch nicht. Der hatte gesagt: „Das Ordnungsamt kann mich am Arsch lecken. Passt auf, Jungens, die schaffen es noch, dass ich nur alkoholfreies Bier ausschenken darf. Nach und nach wird einem jede Freude genommen." Dann, ich erinnere mich noch genau, kam am 22. März wegen Corona der erste Lockdown. Damit war auch das gesellige Kneipenvergnügen erledigt. Statt dessen wurden wir zu Impfungen gejagt. Nach dem Motto: ‚Wer sich nicht impfen lässt, stirbt.' Ich habe den Impfungen misstraut, mich nicht impfen lassen, obwohl ich nach Ansicht der Virologen altersmäßig zu den besonders Gefährdeten gehöre. Die Briefe, die mir vom Gesundheitsministerium geschickt wurden mit der Aufforderung zum Boostern, habe ich stets in den Mülleimer befördert, wo sie meiner Meinung nach hingehörten. Die Maske, die ich beim Einkaufen tragen musste, um einem Ordnungsgeld zu entgehen, habe ich unverhohlen als ‚Bürgerwindel' bezeichnet. Es war eine bedrückende Zeit, in der man nicht wusste, was ist wirklich dran an der Pandemie. Wer gegen die rigiden Maßnahmen der Regierung war, wurde als Quertreiber bezeichnet. Andere wiederum streiften sich selbst beim Telefonieren die Maske über, so als könne das Virus auf unheimlichen Wegen zu ihnen kommen. Werden wir verarscht, mit Fernsehbildern manipuliert? Ich wusste es nicht. Jetzt, im August 2020, hat sich die Hysterie etwas gelegt. Meine Gäste, die am Donnerstag eintreffen, werden ohne Maske fahren können. Man stelle sich das einmal vor! Eine Sambatruppe mit Maske! Unmöglich. Eine Aufforderung, wie die deutsche

Bundesbahn das macht, wird mir nicht über die Lippen kommen.

*

Unser Eisenbahmuseum bzw. die Scheune liegt ebenso wie mein Haus am westlichen Rand von Lüdringhausen. Der Schienenstrang verläuft ein paar hundert Meter den Dorfrand entlang, trifft dann auf die Hauptstraße, die in den Ort hinein führt. Hier ist eine Kreuzung mit einem Kreisverkehr. Die gepflasterte Insel in der Mitte ist völlig schmucklos wie auch der Kreisverkehr selbst völlig nutzlos ist. Die Straße, wenn man von Limburg kommt, führt in den Ort hinein, eine andere vor dem Ortsschild nach Norden und Süden in die Nachbarorte. Nördlich nach Waldernbach, südlich nach Runkel. Da es jedoch kaum Verkehr gibt, ist diese Ringführung eher ein Schildbürgerstreich und eine unnütze Investition, aber die Distriktverwaltung hat aus Sicherheitsgründen darauf bestanden. Der Kreis ist so klein, dass man ihn nicht ordnungsgemäß mit dem Auto auf der Straße umrunden kann. Man ist gezwungen, über die sich leicht erhebende

Insel zu fahren. Nur Radfahrer in bedenklicher Schräglage schaffen den vorgeschriebenen Weg. Direkt am Kreisverkehr überquert die Schiene die Straße, um kurz darauf Richtung Süden zur Lahn abzubiegen.

Am Donnerstagmorgen, es war ein strahlend warmer Sommertag, füllte ich Kohlen nach, entfachte das Feuer in der T3 und fuhr anders als in früherer Zeit ohne Signalpfiff den Dorfrand entlang zur Hauptstraße. Man würde die Lok, die auf den ersten Metern wie ein Asthmakranker fauchend und stoßweise Rauch ausspuckte, im Dorf hören, aber mit einer Anzeige war nicht zu rechnen. Da würde mich niemand verpfeifen. Sie würden sich höchstens wundern oder sogar freuen und denken, die guten, alten Zeiten kämen zurück. Ein paar Minuten vor Zehn erreichte ich die Hauptstraße, bremste die Lok ab, hielt. Zwei Autos standen auf der Wiese neben der Straße. Ein roter Fiat 500 und ein weißes Minicooper-Cabrio. Die Ladies waren schon da, winkten mir zu. Ich stieg aus dem Führerhaus, begrüßte sie, wurde sehr herzlich empfangen mit Küsschen auf die Wange. Das Alter war schwer zu erraten. Ich vermutete zwischen

50 und 60. Die Hautfarbe ging von schwarz über Milchkaffeebraun bis hell, die der Haare von schwarz über kastanienbraun bis blond. Die Namen konnte ich mir so rasch nicht merken, würde sie durcheinanderbringen, nicht mehr der richtigen Person zuordnen. Maria, Ana, Júlia, Letícia, Beatriz, Giovanna, Vitoría. Nur Sarita merkte ich mir sofort. Sie war diejenige, mit der ich telefoniert hatte. Was sie zum Picknick mitgebracht hatten, wurde zu den Decken in die letzte Lore gepackt, dann stiegen sie mit bemerkenswerter Beweglichkeit und unter Kichern und Lachen in die beiden Wagen hinter der Lok. Eine der Taschen nahmen sie mit hinein. Während der Zug bald durch den Westerwald schnaufte, sah ich, dass Gläser darin waren und ein paar Flaschen Sekt oder Prosecco. Sarita, die in der ersten Lore saß, wollte mir auch ein Glas ins Führerhaus reichen, ich sagte aber: „Danke, lieber später auf der Obstwiese. Dann aber nur ein Gläschen. Ich bin für Ihre Sicherheit verantwortlich."

Es war eine lustige Truppe. Allesamt hatten sie bunte, lange Kleider an, als ginge es zu einem Tanz. Auf mich wirkte das sehr feminin. Sie köpften während der

Fahrt die Flaschen, tranken, schwatzten, sangen und lachten viel, schenkten dabei dem schönen Panorama weniger Aufmerksamkeit als es sonst die Deutschen tun, die andächtig und ergriffen in die Landschaft gucken. Einmal sangen sie besonders laut und fröhlich und klatschten dabei in die Hände. Ich habe später Sarita nach diesem rhythmischen Song gefragt.

„Não deixe o samba morrer!" hat sie geantwortet. „Lass den Samba nicht sterben!"

*

An der Obstwiese, etwa in der Mitte der Strecke, hielt ich den Zug an, drosselte das Feuer, half den Damen, was mir sehr gut gefiel, beim Aussteigen, holte Taschen und Decken aus der Lore. Die Decken breiteten wir auf dem Gras aus, und dann wurden Leckereien aus den Taschen gezaubert. Inmitten des ausgelassenen fröhlichen Lachens und Schwatzens kam ich mir vor wie bei einem Bacchusfest im antiken Rom. Sarita, die ausgezeichnet Deutsch sprach, erklärte mir die Köstlichkeiten, die sie aus einem brasilianischen Restaurant in Koblenz organisiert hatte. Pão de queijo, scharf gewürzte brasilianische Käsebällchen mit einer knusprigen Kruste, Nega maluca, Schokoladenkuchen, Pastel de Carne, mit Knoblauch, Paprika und schwarzem Pfeffer gewürzte Fleichpasteten. Dazu wurde großzügig Prosecco gereicht. Mit Sarita, die mir verriet, dass sie schon 65 war, was ich aber niemals vermutet hätte, da sie viel jünger aussah, konnte ich mich wunderbar unterhalten. Mit den anderen aus der Sambatruppe auf Englisch. Sie konnten auch ein paar Brocken Deutsch. Sarita erzählte mir auch einiges aus ihrem Leben. Seit vierzig Jahren wohnte sie in Deutschland, war mit einem älteren Arzt verheiratet gewesen, der seine Praxis in B... hatte. Vor vier Jahren war er gestorben. Sie bekam eine stattliche Witwenrente, wohnte nach wie vor in dem eigenen Haus, flog aber öfter nach Brasilien, wo sie in der Nähe von Rio, in Maricá, direkt am Atlantik, auch ein Haus hatte. Anfang August war sie von dort zurückgekommen, wollte eigentlich schon eher wieder in Deutschland sein, aber wegen Corana waren sämtliche Flüge ausgefallen, so dass sie sieben Monate in

Brasilien bleiben musste. Was das für ein Drama wegen deutscher Bestimmungen geben würde, ahnten wir bei unserem ersten Treffen noch nicht.

Die Damen hatten auch einen kleinen, batteriebetriebenen CD-Player ausgepackt. Es wurde zu der Musik gesungen und mir zu Ehren gab es eine Sambaaufführung. Ich wunderte mich nur, wusste gar nicht mehr, wo mir der Kopf stand. So etwas hatte ich noch nie erlebt. Und schließlich tanzte ich auf der Obstwiese mit Sarita.

„Wir fahren Morgen für ein paar Tage noch nach Heidelberg und Tübingen", erzählte sie mir. „Dann geht es nach Frankfurt und meine Freundinnen fliegen nach Brasilien zurück. Ich bleibe hier, muss meinen Aufenthaltstitel noch verlängern."

„Du hast keinen deutschen Pass?" fragte ich.

„Nein, dann hätte ich den brasilianischen abgeben müssen. Das wollte ich nicht."

Ich fasste meinen Mut zusammen, sagte: „Ich würde dich sehr gerne wiedersehen."

Sie lächelte, antwortete: „Ja, das können wir machen. Aber dann musst du dich vorher waschen und darfst keine Abdrücke mehr hinterlassen."

Da erst bemerkte ich, dass ich ein mit Ruß bedecktes Gesicht haben musste, denn ich hatte schwarze Abdrücke auf ihrem Kleid hinterlassen. Den Samba hatte ich nicht immer mit Abstand getanzt. Ich entschuldigte mich.

„Ach, das macht doch nichts", meinte sie. „Wenn du nichts dagegen hast, komme ich auf der Rückfahrt von Frankfurt bei dir vorbei. Du musst mir allerdings deine Adresse verraten. Die Telefonnummer habe ich ja schon."

„Nahe bei unserem Eisenbahnmuseum bzw. der Scheune, wo der Zug steht. Bergstraße 7. Es ist ein altes Fachwerkhaus."

Den anderen Frauen aus der Sambatruppe war unser vertrauter Umgang nicht entgangen. Sie lachten, klatschten, während wir tanzten. Eine, die Schwarze mit den Rastazöpfen, rief uns auf Portugiesisch etwas zu.

Nach zwei Stunden ging die Fahrt weiter. Die Damen schwatzten, lachten, sangen Sambalieder, nur jetzt, angeheitert, etwas lauter, womit sie bei ihrem sowieso schon vorhandenen brasilianischem Temperament das Schnaufen der T3 übertönten. In Runkel kamen wir an die Lahn. „Wie niedlich", meinte Sarita. Und ich bemerkte dazu: „Ein Amazonas oder ein Rio Negro ist es nicht."

„Warst du denn schon einmal dort?" wollte sie wissen.

„Nein, Europa habe ich noch nie verlassen. Ich bin ein ausgesprochener Heimatvogel. Früher allerdings war es schöner. Jetzt ist unser Dorf sehr still geworden."

Die Fahrt zurück verlief zügig und mit leiser werdendem und schließlich verstummendem Gesang. Die Samba-truppe war auf den Bänken eingenickt. Sarita aber, als wir an der Wendeschleife hielten, war zu mir ins Führerhaus geklettert. Es machte ihr nichts, dass ihr Gesicht jetzt auch von Ruß geschwärzt wurde.

„Was hat die mit den Rastazöpfen bei unserem Tanz eigentlich gerufen?" fragte ich irgendwann.

Sie wurde etwas verlegen, zögerte, sagte dann aber: „Ach, das war Letícia. Ahora Sarita ya no está sola. Jetzt ist Sarita nicht mehr alleine."

„Ich hoffentlich auch nicht", habe ich nur geantwortet.

*

Am Abend war ich bester Laune, saß auf einer Bank im Garten, konnte endlich nach einem wochenlangen Regen wieder die Sterne am Himmel beobachten, was besonders schön war, als der Mond als Sichel am Horizont aufstieg. Ich hatte mir eine Flasche Burgunder geöffnet, dachte an Sarita. Ob sie wirklich kommen würde? Oder war das nur ein Versprechen der Höflichkeit? Ich hätte sie malen können. Mit dem schulterlangen, kastanienbraunen Haar, das in Wellen bis auf die Schulter fiel und goldblitzende, große Ohrringe freigab, wenn sie lachend den Kopf schüttelte. Dann ihr rotes Kleid, das aus Seide gewirkt schien und oben im Ausschnitt eine gewisse, anregende Freizügigkeit zeigte, ohne aber anstößig zu sein. Um einmal mit Schiller zu sprechen: Ich war des Weibes entwöhnt, aber nicht der Sehnsucht nach ihm. Mit Erna, der Bäckersfrau, verband mich nur noch eine trockene Freundschaft. In der Zeit, als ich den Computer noch hatte und bei einer

Dating-Plattform angemeldet war, hatte es zwar ein paar Versuche gegeben, aber die waren alle kläglich gescheitert. Entweder war mir die Dame zu bieder oder sie war vegan und verzog entsetzt das Gesicht, wenn ich sagte, dass ich gerne Hackbällchen in Tomatensauce esse und ein Fläschchen Wein dazu trinke oder aber ich war ihnen mit meiner Pension zu arm, um bei hochtrabenden Wünschen mithalten zu können. Eine Kreuzfahrt in die Karibik war nicht in meinem Etat. Oder mein Berufsleben war ihnen nicht repräsentativ genug. Lokomotivführer im Ruhestand und dann Nachtwächter, das war nichts für sie. Da hätte ich doch mindestens Chirurg oder Professor sein müssen. Mit Sarita dagegen verband mich schon bei der ersten Begrüßung Sympathie, Einverständnis, ohne dass ich dieses Gefühl erklären, analysieren könnte. Es war das Geheimnis der gleichen Wellenlänge. Man kann schon in den ersten Sekunden, in den ersten Augenblicken, die als Begriff wörtlich zu nehmen sind, den Magnetismus spüren. Wenn das nicht stimmte, wäre sie zu mir ins Führerhaus geklettert, ungeachtet, dass Ruß und Rauch ihr Kleid und ihr Gesicht schwärzten? Dennoch versuchte ich, mich nicht allzu großen Hoffnungen hinzugeben, um nicht enttäuscht zu werden. Aber diese Sachlichkeit gelang mir nicht. Auch das philosophische Ideal der Antike, sich die Seelenruhe zu bewahren, scheiterte. Und der Satz des Epikur ‚Wer sich am wenigsten um das Morgen Gedanken macht, geht ihm am fröhlichsten entgegen.' half mir auch nicht. Ich versuchte vergeblich den Ansturm leidenschaftlicher Empfindungen zu verhindern.

So verbrachte ich also die nachfolgenden Tage in einer gewissen Unruhe, die durch keine Ablenkung auszuschalten war. Meine Gedanken kreisten um Sarita. Es half auch nicht, dass ich mit Erna nach Limburg fuhr, um neues Proviant für ihr heimliches Lager anzuschaffen. Als ich während der Fahrt das Lied summte, das die brasilianischen Damen gesungen hatten und dessen Rhythmus und Melodie ich mir gemerkt hatte - Não deixe o samba morrer! Der Samba darf nicht sterben! – sah sie mich erstaunt an. „Was ist denn mit dir los?" fragte sie. „So habe ich dich noch nie erlebt." Ich erzählte ihr von der verbotenen

Zugfahrt, von dem Gefühl, wie wohltuend es war, eine hirnrissige Auflage des Ordnungsamtes zu missachten und ein lustiges Picknick mit einer Sambatruppe zu erleben. Und endlich auch wieder im Führerhaus zu stehen und die altvertraute Strecke an die Lahn zu genießen.

Sie warf mir einen misstrauischen Blick zu, meinte: „Du erzählst mir nicht alles. Du wirkst wie einer, der sich frisch verliebt hat. Ich kenne das."

„Nein, nein", widersprach ich. „Die Damen fliegen in ein paar Tagen nach Brasilien zurück. „Da ist nichts. Ich bleibe unserem Dorf erhalten."

„Wenn das mal stimmt", sagte sie nicht ohne eine Spur von Eifersucht. „Der Johannistrieb hat schon so manchen befallen. Du wärst nicht der Erste."

„Ach was!" wiegelte ich ab. „Ich bin jetzt 71. Das Sechstagerennen der Hormone ist vorbei. Mit Büchern komme ich besser klar als mit Frauen."

*

Alle meine Bedenken waren hinfällig. Vier Tage später, da war ich gerade an einem Nachmittag mit

Restaurierungsarbeiten beschäftigt, strich die Haustür in frischem, dunklem Blau, da hielt ein weißes Minicooper-Cabrio, das ich von der Wiese neben dem Kreisverkehr schon kannte, an meinem Vorgarten. Das Verdeck war geöffnet. Sarita winkte mir zu. „Hallo Theo, wo kann ich parken?"

„Lass den Wagen einfach da stehen. Hier kommt sowieso niemand vorbei."

Sie stieg aus, hob einen Topf mit einer Sonnenblume vom Rücksitz, dazu noch eine Korbtasche. Der Topf mit der Sonnenblume war mit einer weißen Manschette und einem Schriftzug versehen, den ich indes da noch nicht entziffern konnte. Sarita kam auf mich zu, stellte lächelnd Korb und Blume ab, umarmte mich.

„Da bin ich", sagte sie. Sie löste sich, sah mich prüfend an, lachte. „Oh, dieses Mal bist du nicht schwarz. Du hast eine blaue Indianerbemalung im Gesicht."

Ich hatte die Umarmung nicht erwidert, sie Gott sei Dank nicht mit meinen farbverschmierten Händen angefasst, um ihre türkisfarbene Bluse, die sie zu Jeans und weißen Sneakers trug, nicht zu ruinieren.

„Komm rein!" forderte ich sie auf. „Ich muss mir erst die Hände von der Farbe befreien. Ich bin kein geschickter Anstreicher. Geh schon mal ins Wohnzimmer und fühle dich wie zu Hause. Ich freue mich, dass du gekommen bist. Die Sonnenblume kann erst einmal auf den Tisch. Sie bekommt einen Ehrenplatz."

Im Badezimmer säuberte ich die Hände mit einem Wattebausch und Aceton und wischte von der Stirn auch den blauen Streifen, den ich im Spiegel sah, weg, ging danach ins Wohnzimmer, wo sie vor einer Regalwand stand und, als ich hereinkam, bemerkte: „Bist du Lokomotivführer oder Bibliothekar? Hast du das alles gelesen?"

„Ja", antwortete ich. „Aber das ist nicht so wichtig. Lass mich die Umarmung nachholen."

Zum Beweis, dass ich nichts ruinieren würde, hob ich ihr die Handflächen entgegen und umarmte sie. Länger und fester, als es bei einer flüchtigen Begrüßung üblich war. Dabei spürte ich durch die Bluse hindurch die Wärme des weiblichen Körpers.

„Das wird ja was!" meinte sie lächelnd. „Ich habe etwas zu essen mitgebracht und gehe jetzt lieber in die Küche. Sonst fallen wir noch übereinander her."

„Entschuldigung", sagte ich. „Aber du fühlst dich so gut an."

„Ich habe eine Flasche Cachaça mitgebracht und Limetten. Du hast Eiswürfel im Kühlschrank? Zucker brauche ich auch noch. Dann mache ich uns zunächst einen Caipirinha. Essen können wir später. Einverstanden?"

„Aber ja doch", antwortete ich. „Komm, ich zeige dir meine bescheidene Küche, die Schränke, die Schubladen, damit du nicht lange suchen musst. Ich habe sogar Glashalme, falls man Caipirinha so trinkt."

Ein paar Minuten später saßen wir nebeneinander auf dem Sofa, saugten an den Halmen. Der Caipirinha schmeckte köstlich. Wir blickten uns in die Augen. Sarita lächelte und sagte: „Ich weiß, was du denkst. Ich übrigens auch."

Wir sind dann in mein Schlafzimmer gegangen. Ich habe das Rollo halb heruntergelassen. In dem halbdunklen Raum haben wir uns im weichen Licht einer Kerze geliebt.

Eine ganze Woche ist sie geblieben. Ich war glücklich, beschwingt, hätte, wäre sie nicht verschlossen gewesen, aus Dankbarkeit eine Kerze in der Marienkirche angezündet. Und die Lektüre, die ich gerade las, passte vom Titel her. ‚Licht im August' von William Faulkner. Mit der Beschreibung eines verfallenden Dorfes erinnerte mich das Buch allerdings auch an Lüdringhausen, an die stille Trostlosigkeit, die über dem Ort lag. Aber diese Trostlosigkeit fiel mir gar nicht mehr so sehr auf, bedrängte und bekümmerte mich nicht mehr so stark. Mit einer gewisseen Sachlichkeit nahm ich sie wahr. Wie ein Objekt, an dem nichts zu ändern war. Ich erfreute mich am Anblick der Sonnenblume, die zunächst auf dem Couchtisch stand. Später würde ich sie in den Vorgarten verpflanzen. In der folgenden Zeit, in den folgenden Jahren, wenn sie mich besuchte und blieb, brachte sie jedes Mal eine neue Blume mit. Ich löste die Manschette mit dem Spruch, streifte sie über den neuen Topf, verpflanzte die alte Sonnenblume, die inzwischen etwas gewachsen war, in den Vorgarten des Hauses. So machte ich es auch, wenn wir, was leider geschah, gezwungenermaßen auf Reisen gehen mussten. Nach dem Spruch auf der Manschette habe ich Sarita selbstverständlich gefragt. ‚Bem vindo ao meu coração!' stand da. – Willkommen in meinem Herz!

Am frühen Freitagmorgen eröffnete sie mir: „Ich muss jetzt unbedingt nach Hause, zur Ausländerbehörde. Mein Aufenthaltstitel ist Ende Juli abgelaufen. Aber da war ich noch in Brasilien, konnte wegen Corona nicht rechtzeitig zurückfliegen. Alle Flüge waren storniert. Aber eigentlich macht das nichts. Sie müssen bei der Ausländerbehörde dafür doch Verständnis haben."

Sie zeigte mir ihr Aufenthaltskärtchen, das die Größe eines Personalausweises hatte. Ein Lichtbild war darauf. Oben auf dem Ausweis stand das Datum ‚Gültig bis 29. Juli 2020', unten kleiner gedruckt ‚Gilt auch als Passersatz bis 2028'.

„Siehst du", meinte sie. Der Ausweis gilt sogar bis 2028."

„Ist aber ein komischer Widerspruch", wandte ich ein. „Was gilt denn nun? 2020 oder 2028? Diese Behörde ist seltsam. Man müsste sie zu einer Fortbildung schicken in Logik und widerspruchsfreiem Deutsch."

Gegen neun Uhr fuhr sie, wollte am Samstag wiederkommen. Mit der Ausländerbehörde hatte sie online einen Termin vereinbart. Am Freitagnachmittag kam dann ihr Anruf.

*

Sie weinte und schimpfte abwechselnd. „So ein Idiot, so ein arroganter Hund. Er hat sich kein einziges Dokument angesehen, noch nicht einmal den Reisepass. Er hat sofort meinen Ausweis mit dem Aufenthaltstitel kassiert, mich wie eine Verbrecherin behandelt. Den Grund für den verpassten Termin wollte er gar nicht wissen. Das war doch höhere Gewalt, wollte ich erklären. Ich konnte wegen Corona nicht rechtzeitig fliegen. Außerdem steht unten auf dem Ausweis doch, dass er wie mein Reisepass bis 2028 gültig ist. Aber auf meine Einwände ist er gar nicht eingegangen, wollte sie nicht hören. ‚Sie müssen raus!' hat er nur gesagt und mir eine Frist von sieben Tagen gegeben. Wo soll ich hin? Im Schengen-Raum darf ich mich nicht aufhalten. Ich habe noch das Argument angebracht, dass ich am zehnten August eingereist bin, also wenigstens als Touristin drei Monate bleiben darf, also bis zum 10. November.

Da hat er nur gemeint. ‚Das hilft nicht. Gesetz ist Gesetz.'"

Sie weinte wieder. „Was soll ich jetzt machen? Ich muss zurück nach Brasilien."

Ich sah mein gerade gewonnenes Glück dahinschwinden, schüttelte nur den Kopf, sagte: „Wie kann man bei der Ausländerbehörde nur so unmenschlich sein! Du wohnst seit vierzig Jahren in Deutschland, hast hier ein Haus, einen festen Wohnsitz, warst lange mit einem Deutschen verheiratet, beziehst in Deutschland Rente, zahlst Steuern. Was soll diese Bösartigkeit! Will sich dieser Sachbearbeiter mit einer Abschussquote profilieren? Gesetz ist Gesetz! Diesen Schwachsinn hatten wir in der deutschen Vergangenheit schon einmal. Ich komme nach Bergheim. In zwei Stunden bin ich da. Du hast einen Computer, Laptop?"

„Natürlich."

„Dann suche schon einmal die Telefonnummer eines Anwalts, der auf Ausländerrecht spezialisiert ist."

Ich setzte mich in meinen Pickup, fuhr los. Dass man mich unterwegs zweimal blitzte, war mir egal. Nach zwei Stunden war ich bei ihr. Sie hatte mir den Weg beschrieben. Ihr Haus lag fast unmittelbar an der Erft.

Sie zeigte mir den Wisch, den ihr dieser Idiot mitgegeben hatte. ‚Grenzübertrittsbescheinigung. Sie werden aufgefordert, Deutschland bzw. das Gebiet der Schengen-Staaten zu verlassen. Sofern Sie nicht fristgerecht ausreisen oder die Ausreise nicht wie vorgeschrieben nachweisen, kann ein Einreise- und Aufenthaltsverbot angeordnet werden. In diesem Fall werden Sie im Fahndungssystem zur Einreiseverweigerung und zur Festnahme ausgeschrieben.'

So stand es da. „Sie behandeln dich tatsächlich wie eine Kriminelle", sagte ich. „Du hast die Telefonnummer eines Anwalts? So darf die Ausländerbehörde das in deinem Fall nicht machen. Das ist ja Wahnsinn, Willkür. Was heißt das, du musst die Ausreise nachweisen?"

„Mit einem Stempel im Pass. Fliege ich von Frankfurt zurück, schickt der Beamte von der Passkontrolle eine Bescheinigung an die Ausländerbehörde. Nehme ich wie meistens Amsterdam, muss ich in Rio zur deutschen Botschaft und mir die Ausreise bestätigen lassen."

Ich weiß nicht, wie oft ich an diesem Tag den Kopf geschüttelt habe. Ich konnte das rüde, verständnislose Vorgehen der Behörde nicht verstehen. Am frühen Nachmittag haben wir drei auf Ausländerrecht spezialisierte Anwälte in Köln und Bonn ausfindig gemacht und angerufen. „Es ist dringlich", habe ich gesagt. „Die Hütte brennt."

„Tut uns leid. Den nächsten freien Termin haben wir erst im Oktober."

Sie waren mit Asylanträgen überlastet.

„Es ist zwar nicht besonders romantisch", sagte ich zu Sarita. „Aber in diesem Fall sollten wir heiraten. Ich will dich nicht verlieren."

„Geht nicht", antwortete sie. „Ich verliere meine Rente, wäre abhängig von dir. Du hast ja wahrscheinlich selbst kaum genug."

„Dann lassen wir eben eine notariell beglaubigte Lebensgemeinschaft eintragen."

„Geht auch nicht. Das dürfen in Deutschland nur Schwule und Lesben."

„Glaube ich nicht."

„Du kannst es im Internet nachlesen. Das ist eine neue Bestimmung."

„Mach uns erst einmal einen Caipirinha. Den brauche ich jetzt bei dem ganzen Wahnsinn."

Nachdenklich schlürfte ich dann den Caipirinha, fragte schließlich: „Hast du etwas dagegen, wenn ich mit nach Brasilien komme?"

„Das würdest du machen?"

„Natürlich. Soll ich ein gerade begonnenes Glück jetzt schon aufgeben?"

„Du müsstest zwölf Stunden mit Maske im Flieger sitzen und beim Check-In den Nachweis eines negativen Corona-Tests vorlegen. Der darf nicht älter sein als 24 Stunden. Das ist alles purer Stress."

„Ohne dich ist der Stress größer."

Endlich lächelte sie wieder, umarmte mich. „Schön, dann machen wir das so."

*

Wenn ich von einer ‚stillen Trostlosigkeit' des Ortes rede, so scheint das im Jahr 2020 und auch in den beiden nachfolgenden der Coronazeit geschuldet, in der die Regierung die Bürger aus lauter Fürsorglichkeit einsperrte, Verbote und Gebote erließ, die Menschen entmündigte und jeden, der das kritisierte, als

Quertreiber abstempelte. Jetzt, im August 2023, drei Jahre später, haben sich die Verhältnisse nicht geändert, sind hier im Ort und auch anderswo eher schlimmer geworden. Es ist jetzt nicht mehr Corona, womit man die Menschen ängstigt – sie sind müde geworden -, auch wenn die Virologen unermüdlich neue Wellen ankündigen und unter ihren Mikroskopen neue Mutanten und Subvarianten finden wie neuerdings etwa Eris, EG.5, BA.2.86 und XBB.1.5, das die gefährliche Variante eines Spike-Proteins sein soll. Man plagt die Bürger jetzt mit neuen Ängsten und Sorgen. Es gibt einen Krieg, Inflation, Energiegesetze und Wärmepumpen, die Warnung vor einer Klimakatastrophe. Es gibt die Bewegungen wie das von einer schwedischen Göre gegründete ,Fridays for Future', es gibt die Klimaaktivisten, die als ,letzte Generation' den Weltuntergang verkünden, von den Grünen und der Hysterie irregeleitete junge Menschen, fanatisch nach einem Sinn suchend, den es nicht gibt, verirrte Geister, die sich auf Straßen festkleben, in Museen Kunstwerke zerstören, Flugzeuge und Autos mit Lack besprühen und Firmen blockieren, von denen sie glauben, dass sie sich an der

Umwelt versündigen. Und sogar die Älteren folgen dem allgemeinen Wahn, was hinsichtlich ihres fortgeschrittenen Alters etwas albern wirkt. Sie nennen sich ‚Omas for future'. Natürlich wollen sie, während sie selber schon still ruhen werden, heroisch für ihre Enkel und Urenkel kämpfen, damit die in einer geretteten und besseren Welt leben können.

Glaube ich an eine echte Demokratie, was ja im Wortsinn bedeutet, das Volk herrscht? Nein. Wir haben eher eine Phobokratie, die Herrschaft durch Angst. Hinzu kommt die Verdummung. Nach dem Motto: Die am wenigsten wissen, gehorchen am besten. Diese beiden Methoden wirken immer, vor allem, wenn die Medien wie etwa das Fernsehen sie durch einseitige Perspektiven und Nachrichten unterstützen. So etwa beim Ukraine-Krieg. Hört man etwas von den Ostverträgen, die der frühere Kanzler Willy Brandt in Moskau abgeschlossen hat und gegen die die Europäer massiv verstoßen? Nein. Erinnert man noch an ein Interview mit dem Kanzler Helmut Schmidt, der 2007 in einem Interview seine Besorgnis ausdrückte, dass Russland auf

Betreiben der Amerikaner von der Nato umzingelt wurde? Nein. Gibt es im Fernsehen die Nachricht, dass erst kürzlich Papst Franziskus der Nato eine Mitschuld an dem Konflikt gibt? Nein. Kein Wort darüber. Empört man sich darüber, dass ein grüner Klimaschutzminister auf die Frage, ob ihm der Vertrauensschwund der Bevölkerung Sorgen mache, antwortet: „Das interessiert mich nicht." Toleriert man das Unverständnis der grünen Außenministerin gegenüber den sich etablierenden BRICS-Staaten? Leider ja. Kann man sich noch über die Fettnäpfchen, in die sie in ihrer Eitelkeit tritt, amüsieren? Jetzt mischt sie sich auch noch in die spanische Kussaffäre ein, statt mit ihrer deutschen Lehrmeisterei aufzuhören. Spaniens Fußballboss hatte in seiner überschwenglichen Freude über den Weltmeistertitel einer Spielerin kurz einen Kuss auf den Mund gedrückt. Die Außenministerin sagt: „Man muss sich nur mal vorstellen, Angela Merkel hätte 2014 Philipp Lahm so geküsst. Da wäre die Hölle los gewesen." Nee, behaupte ich. Der Philipp hätte es mit Humor genommen, gelächelt und sich den Mund abgewischt. Ein verbissenes Theater wie die Feministinnen hätte er bestimmt nicht gemacht.

Allein die Klimahysterie lässt einen an der menschlichen Einsicht verzweifeln. Mit dem sogenannten gesunden Menschenverstand müsste man doch schon wissen, dass 0,04 Prozent Kohlendioxid in der Atmosphäre eine langwellige Wärmeabstrahlung nicht verhindern können. Und täte diese geringe Konzentration es, so müsste sie auch auf die Einstrahlung wirken. Die Effekte würden sich also aufheben, neutralisieren. Ich stelle mir ein anschauliches Beispiel vor. Ein Mann baut eine große Vogelvoliere, dichtet aber nur 0,04 Prozent ab. Das heißt die Grenzpfosten würden schon genügen. Jetzt setzt er tausend Kanarienvögel in die Voliere. Die sind nach einer Minute natürlich alle weg. Eine mittlere globale Erwärmung der Erde will ich ja gar nicht leugnen. Aber dass das Kohlendioxid daran schuld sein soll!? Eine waghalsige Hypothese, die sich zur Ideologie verselbstständigt hat. Außerdem habe ich von chemischen Experimenten gelesen, die zeigen, dass das Kohlendioxid gar nicht die thermodynamischen Eigenschaft hat, um ein Treibhausgas zu sein. Welcher Lobbyismus, welche Interessen hinter diesem Klimahype stehen, kann man nur vermuten. Die Automobil-Industrie mit der Umstellung auf Elektro, Hersteller von Solarzellen und Windrädern und natürlich braucht man auch ein Instrument, um das Volk gefügig zu machen. Leben wir nicht in einer Märchenlandschaft, wo man an jeder Ecke belogen wird? Hinzu kommt noch die Verherrlichung des Digitalen, was nichts anderes bedeutet als Entpersönlichung. KI, die künstliche Intelligenz, wird weiter zur Entmündigung beitragen. Wer die Gedanken eines Lokomotivführers und Nachtwächters für übertrieben oder abwegig hält, darf die Fakten in dem Buch ‚Grün und dumm' nachlesen. Dass die Grünen die Gesinnung höher schätzen als eine gesunde Urteilskraft ist eine Schande. Dass sie dem Staat und seinen Menschen schaden, ist mir ziemlich klar. Mit ihrer Moraltrompete gehen sie einem auf die Nerven. Diese Ampelkoalition ist ein Unglück. Es knirscht in der Regierung, als würde ein Bagger in einer Kiesgrube werkeln. Sie zanken sich wie die Kesselflicker, blockieren sich gegenseitig, posaunen unsinnige Gesetze heraus, bevor

sie umgesetzt sind, halten den Bürger in
steter Unruhe und Sorge. Legt sich nicht
eine Depression über das Land?

*

Doch zurück zum September 2020.
Bevor man Sarita in Abschiebehaft brachte,
sind wir mit KLM von Amsterdam nach
Rio de Janeiro geflogen. Während des
Fluges trug ich meist keine Maske, weil ich
mir bis zur dritten Ermahnung der
Stewardess oft Kaffee bestellte, den ich mit
Whisky aus dem Duty Free Shop
verfeinerte. So war der Flug eigentlich
recht schön. In Rio ist Sarita dann zur
Deutschen Botschaft, um sich die Ausreise
bestätigen zu lassen. Die schicken das
Papier dann irgendwann zur deutschen
Ausländerbehörde, was einige Monate
dauern kann. O ja, das Leben in Maricá,
einem zu Rio gehörenden Ort, der am
Atlantik liegt, war schön, irgendwie
anders als in Deutschland. Weniger kühl,
distanziert und reguliert. Trotz Corona.
Nicht umsonst sind die Brasilianer fünfmal
Weltmeister im Fußball. Auch die Frauen
der Sambatruppe haben wir wieder
getroffen und viel Spaß gehabt. Um mein

Haus in Lüdringhausen kümmerte sich Erna, die auch den Pickup, da sie selber keinen Wagen hatte, benutzen durfte.

„Aha, so läuft also der Hase", hat sie gesagt, als ich ihr von Sarita erzählte. „Nach einer Woche Kennenlernen machst du schon so etwas."

„Na klar", habe ich geantwortet. „Man weiß es eben, wenn die Richtige gekommen ist."

Nach drei Monaten, da durfte sie als Touristin wieder einreisen, habe ich Sarita überredet, noch einmal nach Deutschland zu fliegen und bei der Ausländerbehörde einen neuen Antrag zu stellen.

„Du hast ihre irrsinnige Anweisung gehorsam befolgt, jetzt sind sie gewiss gnädig gestimmt", hatte ich gemeint.

Natürlich hatten wir die Befürchtung, dass bei der Einreise eine Sperre vorliegen würde. Bei der Willkür der Behörde war ja alles möglich. Aber wir sind in Amsterdam unbehelligt durch Zoll und Passkontrolle gekommen. Dann kam jener Tag, als sie erneut einen Antrag auf einen Aufenthaltstitel stellte und bei der Ausländerbehörde erschien. Hier hatte sie das Pech, wieder auf den arroganten Idioten zu stoßen, der sie ausgewiesen hatte.

Wieder interessierte er sich nicht für die Dokumente, sagte nur: „Laut Paragraph 31, ihr Mann ist ja gestorben, können Sie keine Genehmigung für einen Aufenthalt bekommen. Einen Rechtsanwalt können Sie sich auch sparen. Da gibt es keine Chance."

„Hat er nach deinen persönlichen Verhältnissen gefragt? Schließlich bist du ja nicht alleine davon betroffen."

„Das wollte er nicht wissen, hat nur wieder gesagt ‚Gesetz ist Gesetz'. Dieser Idiot hat mich auch einfach beim Einwohnermeldeamt abgemeldet. Auf dem Dokument, das ich von der Stadtverwaltung erhalten habe, steht: ‚v.A.w., nach unbekannt abgemeldet'. Was bedeutet v.A.w.?"

„Von Amts wegen. Man könnte es allerdings auch übersetzen mit ‚vom Affen weitergeleitet'."

Wir haben dann diesen Paragraph 31 im Internet studiert. Da hieß es: „Die Aufenthaltserlaubnis des Ehegatten wird im Falle der Aufhebung der ehelichen Lebensgemeinschaft für ein Jahr verlängert, wenn die eheliche Lebensgemeinschaft seit mindestens drei Jahren rechtmäßig im Bundesgebiet bestanden hat."

„Was für ein bösartiger Idiot", habe ich gesagt. „Du warst ja nicht nur drei, sondern vierzig Jahre verheiratet. Er kennt die eigenen Bestimmungen nicht. Auf zum Rechtsanwalt! Wir haben drei Monate Zeit. Dieses Verfahren wird die Ausländerbehörde verlieren. Und zögern sie alles über diese Zeit hinaus, so sind sie juristisch verpflichtet, eine vorübergehende Aufenthaltserlaubnis, Fiktionsbescheinigung genannt, auszustellen. Zunächst wird der Anwalt Akteneinsicht verlangen. In eine Akte, die vielleicht gar nicht vorliegt oder nur knapp und liederlich angelegt wurde. Ich verstehe die Welt nicht mehr. Da dulden sie kriminelle Clan-Mitglieder, die unberechtigt Sozialhilfe kassieren, in dunkle Geschäfte verwickelt sind, Rolls Royce, Porsche und Ferrari in der Garage haben und mit einer goldenen Rolex am Handgelenk herumlaufen. Aber eine unschuldige Brasilianerin, die seit langem vollkommen integriert ist, schieben sie eiskalt ab."

Sarita schüttelte entnervt den Kopf. „Ich will mit keiner deutschen Ausländerbehörde mehr etwas zu tun haben. Wenn ein Land mich nicht will, will ich es auch nicht. Wir können gerne im Wechsel raus und rein. Drei oder mehr Monate Brasilien, drei Monate Deutschland als Touristin. Ich werde das Haus verkaufen. Wenn das gelungen ist, will ich Deutschland nie mehr wiedersehen."

Ich verstand ihre Enttäuschung, ihre Gefühle, sagte: „Dann lass mich wenigstens dafür sorgen, dass der Fall öffentlich wird. Beim Fernsehen gibt es die Sendung: ‚De Facto - Jetzt reicht's – Der harte Kampf gegen die Behörden'. Die Ämter mögen das nicht, wenn man Öffentlichkeit herstellt, wo sie lieber schweigen würden.' Ich habe eine ziemliche Wut auf diesen arroganten Typen."

„Nein!" sagte sie. ‚Mit deutschen Behörden will ich nichts mehr zu tun haben. Ich fliege nach Brasilien und bleibe da."

Sie fühlte sich ausgesetzt wie auf der Oberfläche des Mondes. Damit stand ich vor der Wahl. Die Heimat behalten oder Sarita.

*

Es ist nicht leicht, die Heimat zu verlassen. Einen alten Baum verpflanzt man bekanntlich nicht. Aber allein in einem heruntergekommenen Dorf zu hocken, ist auch keine Lösung. Sicher, landschaftlich ist der Westerwald schön. Ebenso der nahe Mittelrhein, die Lahn, die Mosel. Aber was habe ich davon, wenn die geliebte Frau 10 000 Kilometer weit weg ist!? Das Haus werde ich zunächst nicht verkaufen. Was ja auch schwierig sein würde. Wer will schon in einen aussterbenden Ort ziehen!? Vielleicht muss ich es ja sowieso aufgeben. Einige Politiker posaunen die Idee heraus, die Alten aus ihren Häusern zu vertreiben, damit Platz geschaffen wird für große Familien. Die Wohnungsnot in Deutschland scheint gewaltig. Wie sie überhaupt mit den Älteren umgehen! Als hätte es nicht gereicht, sie als besonders Gefährdete in der Coronazeit zu isolieren. Als reichte es nicht, sie mit Hilfe der Digitalität wegzuschalten und sie mit immer neuen Sorgen zu belasten. Bei den Indianern wurden gerade die Älteren geehrt und respektvoll behandelt. Hier scheint man sich eher die Eskimo-Methode anzueignen. Die fütterten ihre Alten mit grätenreichen Fischen, damit sie daran erstickten und man einen unnützen Esser weniger hatte.

Sie reden hier in Deutschland großspurig von Inklusion. Aber die älteren Menschen scheinen sie vergessen zu haben.

Die Alten, und das sind in unserem Dorf die meisten, sind zu einem unruhigen Müßiggang verurteilt. Sie sitzen mit erstarrtem Ausdruck am Fenster, als würden sie nichts mehr wahrnehmen, weder die Straße noch das gegenüberliegende Haus. Und selten nur kommt ein Mensch vorbei. Andere aber sind vollends lethargisch, blicken noch nicht einmal aus dem Fenster, sitzen nur noch vor dem Fernseher oder liegen im Bett oder auf dem Sofa. Um ihre Häuser steht das Unkraut lendenhoch. Hört man noch Musik in den Gärten? Nein.

Manche haben auch schon psychische Defekte. Zum Beispiel die alte Frau Weber. Mehrmals am Tag läuft sie auf ihren Balkon, wirft die Arme in die Höhe, ruft: „Ich nehme nicht jeden!" Nachts schüttelt sie Bettwäsche aus. Ihr Mann war nach der fünften Impfung gestorben.

Früher waren gerade die Älteren die Säulen der Gemeinde. Im Kirchenchor, in der Bücherei, auf dem Markt, bei den Festen, die es damals noch oft gab. Bei den

Feiertagen wie Fronleichnam, Erntedank, Schützenfest und der Prozession zu Ehren des Heiligen Florian, der der Schutzpatron des Ortes ist. Sie sorgten sich um die Sauberkeit und Ordnung der Kirche, der Sakristei und des Pfarrhauses. Eine der Frauen soll sogar ein fröhliches Verhältnis mit dem Monsignore Falcetti gehabt haben. Der Kirchenchor, den er übrigens musikbegabt geleitet hatte, hat sich aufgelöst. Die Organistin spielt nicht mehr. Täglich hatte sie geübt, und dann tönten die Orgelklänge bis an den Rand des Dorfes.

Während ich das schreibe, kommen wieder neue Vorschläge. Man hat einen dementen Geisterfahrer erwischt und jetzt sollen alle ab 75 einen kostspieligen Fahrtest machen.

Hat man solche Ideen im Wahlkampf geäußert? Nein. Da wurde das Volk mit Versprechungen umschmeichelt. Da war am Wahltag wirklich Demokratie. Danach aber rückten sie mit Ideen, Gesetzen und Projekten heraus, von denen vorher nie die Rede war. Die Versprechungen von vorher waren vergessen. Neue Ideen und Projekte wurden einfach über die Bürger, die kein Mitspracherecht mehr hatten, verhängt.

Ich denke da zum Beispiel an die unseligen und teuren Wärmepumpen. Der Pumpenmarkt ist inzwischen eingebrochen, weil die Dinger Lärm machen und es Beschwerden von Nachbarn hagelt. Zudem werden sie mit Tetrafluorkohlenstoff betrieben, was im Gegensatz zu Kohlendioxid wegen seiner hohen Polarität ein echtes Treibhausgas ist. Ich trauere den früheren charismatischen Kanzlern nach. Einem Adenauer, einem Brandt, einem Schmidt. Sie hatten eine gewisse Ethik, innere Überzeugung. Jetzt geht es eher um Machtgier. Ich habe den Eindruck, in einem Kasperletheater zu sein. Gerade auch ist die Grünen-Chefin auf Sommerreise, um mit den Bürgern zu sprechen. Es ist bald Landtagswahl in Bayern. Aber man hält ihr, in Ingolstadt ist das, Plakate entgegen mit der Aufschrift: „Wir werden von Idioten regiert." In ihrer Rede behauptet die Grüne, dass es Wohlstand nur mit Klimaschutz gebe. „Lüge!" wird ihr entgegengerufen.

Sarita hat für ihr Haus einen Makler beauftragt. Der Verkauf wird nicht leicht sein, da das Haus nahe an der Erft liegt und von Überschwemmungen bedroht sein könnte, die es seit dem 14.

Jahrhundert, seit dem Beginn der Aufzeichnungen immer wieder gegeben hat. Da allerdings hat noch niemand vom Klimawandel oder einer Klimakatastrophe gesprochen. Jetzt aber werden mögliche Käufer wegen der Klimahysterie verunsichert sein. Im Fernsehen zeigen sie neuerdings bevorzugt Waldbrände und Überflutungen aus aller Welt und erwecken mit diesen Bildern den Eindruck, dass es eine Minute vor Zwölf ist. Das Fernsehen ist linientreu und verknüpft die Naturgewalten mit einem Klimakatastrophe, die nichts anderes ist als ein Narrativ, mit dem man die Menschen ängstigt. Der Bürger wird mit Nachrichten überflutet, die sich im Stakkato stundenweise wiederholen und in einem Ton vorgetragen werden, als würde Moses die Gesetzestafeln verkünden. Gerade jetzt auch warnt das Kieler Institut für Weltwirtschaft (IfW) die Bundesregierung vor immer neuen Staatseingriffen.

Ich zitiere: „Es gibt zu viel Bürokratie, zu viele Staatseingriffe und Subventionen. Die Politik verheddert sich in immer neuen Vorschriften und Eingriffen in die Wirtschaft, die sie dann mit neuen

Vorschriften und Eingriffen korrigieren muss und so weiter. Das ist ein Teufelskreislauf nach unten."

Mit meiner Kritik bin ich wahrhaftig nicht alleine. Die warnenden Stimmen mehren sich.

Als ich Sarita das Problem mit dem Hausverkauf schilder, sagt sie: „Dann lasse ich es eben einfach stehen."

„Mach es nicht!" rate ich ihr. „Die Deutschen sind gründlich. Die bekommen heraus, dass du hier Rente beziehst, und dann darfst du die Abrisskosten bezahlen. Das wird teuer."

Anfang November, wenn es hier kälter und grau wird und Allerseelen für eine traurige Stimmung sorgt, werden wir fliegen. Ich habe mir nicht nur die Dokumente besorgt, um in Brasilien bleiben zu können, also Nachweis, dass monatlich Geld auf das Konto kommt, Geburtsurkunde, um zu beweisen, dass ich es bin, polizeiliches Führungszeugnis, in dem nichts von meiner verbotenen Fahrt mit dem Silberzug steht, eine Krankenversicherung und nicht nur diese Dokumente, sondern auch einen Sprachlehrgang Portugiesisch. Buch und CD's und gleich auch den Lehrgang für

Fortgeschrittene dazu. Neue Sprache, neue Heimat. Bei dem munteren Umgang, den die Brasilianer haben, muss man einfach sprechen können. Mehr und mehr werde ich mit dem Gedanken vertraut, die Heimat zu verlassen. Keine Hysterie mehr wegen einer angeblichen Klimakatastrophe, keine Angst vor russischen Atombomben, keinen Ärger mit einer Bürokratie, die wie ein Krebsgeschwür wuchert, keine stille Trostlosigkeit wie in Lüdringhausen. Ich will mich nicht mehr von einer Krise in die nächste jagen lassen. Dabei fällt mir ein: Wo ist übrigens das Ozonloch geblieben, mit dem man vor über zwanzig Jahren die Menschen geängstigt hat? Niemand spricht mehr darüber. Anscheinend ist es verschwunden oder aber es hat dieses Loch nie gegeben. Genauso wird auch der Klimahype verschwinden und durch eine neue Krise abgelöst werden. Anscheinend braucht der Deutsche statt Samba die Sorge. Der Koffer ist gepackt und ich kann auf Portugiesisch schon sagen: „Adeus, Alemanha!"

Ich brauche mich nicht mehr vor russischen Atombomben zu fürchten, mit denen die Bürger in Atem gehalten werden. Brasilien gehört zu den BRICS-Staaten mit Russland, Indien, China, Südafrika, die ein Gegengewicht zum vom US-Dollar beherrschten Westen bilden. Viele weitere Länder werden hinzukommen. Die grüne Außenministerin beklagt, dass die Sanktionen gegen Russland nicht greifen. Die russische Wirtschaft wächst, während die deutsche Im Sinkflug ist. Hätte man das nicht vorher wissen können?

Beim Einkauf in Limburg fällt mein Blick auf die Titelschlagzeile der ‚Bild-Zeitung'. Jeder zweite deutsche Arbeitnehmer hat sich krank gemeldet. Bei einer anderen Nachricht heißt es, dass die Zahl der Depresssionen verglichen mit dem Vorjahr um 85 Prozent zugenommen hat. Woran liegt das? Das sind die Auswirkungen der Angst.

Ich freue mich auf Rio de Janeiro und das temperamentvolle, lebendige Städtchen Maricá am Atlantik. Und auch darauf, dass ich die Sambatruppe mit den lustigen, warmherzigen Frauen wiedersehe. Das Wichtigste aber ist: Ich behalte Sarita. Trotz der Willkür der Ausländerbehörde. Meine frühen Jahre in Deutschland waren schön. Als es noch nicht so viele Regulierungen gab. Den Silberzug verbotenerweise zu fahren war die beste Entscheidung meines Lebens.

Man mag meine Notizen für die Ausführungen eines zornigen, älteren Herrn halten. Aber ich habe den Vorteil, dass ich die jetzigen Zeiten mit früheren liberaleren vergleichen kann, als man noch nicht an jedem bürokratischen Schräubchen drehte, als die Sprache noch nicht durch Gendern verhunzt wurde, man vor Internet und Co seine Ruhe hatte, sich noch über Briefe und Postkarten freute und als man den Bürger nicht mit Krisen, Ängsten und Verboten entmündigt hatte. Die Literatur hat das hellsichtig vorausgesehen, beginnend mit der Romantik des 19. Jahrhunderts, später mit den Romanen ,1984', ,Schöne neue Welt' und dann auch mit den Essays von Nicolas Born ,Die Welt der Maschine'. Es ist alles so eingetroffen. Der Staat bevormundet uns mit einer Fürsorglichkeit, die uns erstickt und entmündigt. Ist das Demokratie? Nein. Es ist Phobokratie.

Was mache ich mit meiner Bibliothek? Mitnehmen nach Brasilien werde ich sie nicht. Erna hat den Schlüssel zum Haus. Ich werde ihr sagen, dass jeder

Dorfbewohner sich dort Bücher ausleihen kann. Aufklärung tut not. Ich werde nur ein Buch mitnehmen. ‚Ungewissheit und Wagnis'. Ich akzeptiere die Insecuritas Humana.

Es fällt mir schwer, die deutsche Heimat zu verlassen, die damit verbundene Muttersprache. Es fällt mir leicht, die deutsche Heimat zu verlassen, da ich mich schäme für die unmenschliche Formel ‚Gesetz ist Gesetz'. Das hatten wir schon einmal. ‚Gesetz ist Gesetz' und ‚Befehl ist Befehl'. So lange ist es nicht her. Jetzt, wo im Dorf das soziale Leben fehlt, vernichtet durch eine unbarmherzige Bürokratie, durch eine entmündigende Fürsorglichkeit, herrscht der Stumpfsinn, die Lethargie, die stille Trostlosigkeit, die stumme Verzweiflung, ein komatöser Zustand. Nur Kassandra ist nicht stumm, ruft mit wirren Haaren von ihrem Balkon wie eine verunglückte Marienerscheinung. Und Erna schimpft, nimmt kein Blatt vor den Mund, erzählt jedem, der ihren Laden betritt, was ihr nicht passt.

Ich beneide die Vögel und die Indianer. Die Vögel fliegen unbehelligt über Grenzen. Niemand belästigt sie. Sie dürfen bleiben und weiterfliegen, wann und wenn sie wollen. Der Herr des Himmels nährt sie. Sie haben keine Sorgen, sind frei. Sie singen am Morgen, begrüßen die Sonne. Sie fliegen, vermögen das, woran den Menschen die Erdenschwere hindert. Nur mit ausgeklügelten Maschinen vermag er sich in die Luft zu erheben. Nicht selten tragen sie Raketen zur Vernichtung.

Und der Indianer? Kommt er morgens aus dem Wigwam, muss er kein Update an seinem Pferd machen. Es steht wie immer da. Reitet er über die Prärie, belästigt ihn kein Schild. Oder ist da etwa zu lesen: Beim nächsten Kaktus links abbiegen!? Auch kein Sheriff wartet, um zu beobachten, ob er der Vorschrift folgt. Reitet er, wie es ihm im Sinn steht, nach rechts, wird er nicht bestraft. Auch hat er noch nie im Stau gestanden. Es sei denn, eine Büffelherde kreuzt seinen Weg.

Über die Gesetze des Zusammenlebens wacht ein weiser Mann, der nicht jeden Tag ein neues Gebot verkündet. Er ist kein Narr. Die Frauen gehen am Tag anmutig mit wiegenden Hüften durch das Dorf, nichts Arges im Sinn. Werden sie umarmt und geküsst, freuen sie sich und machen kein Theater. Des Nachts bereiten sie ihrem Indianer große Wonnen.

Manchmal beneide ich auch einfach einen Baum. Er wurzelt tief in der Erde, strebt mit seiner Krone zum Himmel, singt mit seinen Blättern im Wind, ist standhaft, erfreut sich am Licht. Was nutzt mir die Mobilität, wenn sie mich in Unruhe bringt und den Seelenfrieden raubt!?

Wir aber sind entwurzelt, von Beschleunigung gejagt, im Geiste verwirrt, der täglich neu verunsichert wird. Nicht der Klimawandel ist unser Untergang, sondern die Art, wie wir uns regieren und lenken lassen. Wir sind zufrieden, wenn der Supermarkt geöffnet ist. Auch wenn die Preise steigen, weil irgendwer seinen Profit vergrößern will. Wir reisen in die Nacht hinein, schweigen aber darüber, dass das Leben in den Tod führt, der uns demütig machen und uns das Geschwätz von den Lippen nehmen sollte. Wir tun so, als sei alles ewig, was wir machen, blicken mit Hochmut auf vergangene Zeiten. Wir rühmen uns neuer Erfindungen, eilen vom Neuen zum Neuesten. Kann man mit dem neuesten Smartphone besser kommunizieren als in einem Gespräch unter vier Augen? Wir halten uns für den Nabel der Welt, sind aber nichts als ein Staubkorn im Universum. Erst kurz vor dem Tod, wenn wir die Augen schließen, mag uns das dämmern. Darwin sagt, der Mensch stamme vom Affen ab. Er hat den Affen beleidigt.

Das Ausländeramt hat auch mich ausgewiesen. Gedankenlos, unbarmherzig, auf aberwitzige Gesetze pochend. Aber sie werden mich nicht von Sarita trennen können. „„Não deixe o samba morrer!" – Lass den Samba nicht sterben!

*

Hiermit enden die Notizen des Nachtwächters. Zu der Serie im Feuilleton des ‚Limburger Abendblatt' verfasste ich auch einen Leitartikel mit der Überschrift ‚Niedergang eines Dorfes', unterzeichnete wie immer mit HPF, Hans Peter Friedsam. Die Frage, ob das Schicksal von Lüdringhausen für Deutschland symptomatisch oder prophetisch ist, ließ ich offen. Meine Kritik galt vor allem den Grünen, die Verkündungseifer mit Vernunft verwechseln. Die mit einem Narrativ die Menschen hinters Licht führen. Meine Kritik galt auch den Behörden, die mit deutscher Gründlichkeit individuelle Freiheit vernichten, Verfahren verschleppen, den letzten Gesetzeswinkel ausleuchten, um wieder einmal die Schrauben enger anzuziehen.

In der Redaktion erhielten wir viele Leserbriefe bzw. Emails. Zustimmung und Beschimpfungen als Nestbeschmutzer und Leugner einer bevorstehenden Klimakatastrophe.

An einem späten Septemberabend, als ich die Redaktion verlassen wollte, erwies sich die Eingangstür zu unseren Räumen als überaus schwergängig. Mit einiger Gewalt, als müsste ich einen großen Fisch an Land ziehen, zog ich sie zum Flur hin auf. Eine Klimaaktivistin hing daran. Auf den Knien rutschend war sie dem Zug der Tür gefolgt, klebte mit der linken Hand an dem Holz. Sie blickte mich böse an, fragte:

„Haben **Sie** diesen Schwachsinn geschrieben?"

„Nein", sagte ich. „Das war der Nachtwächter von Lüdringhausen. Und jetzt rutschen Sie bitte wieder zurück, damit ich die Tür schließen kann!"

www.ruediger-schneider.net